LORRAINE HALL

Un souverain pour époux

Traduction française de
ALEXANDRA TEISSIER

AZUR
HARLEQUIN

Collection : Azur

Titre original :
THE PRINCE'S ROYAL WEDDING DEMAND

HARPERCOLLINS FRANCE
83-85, boulevard Vincent-Auriol, 75646 PARIS CEDEX 13
Service Lectrices — Tél. : 01 45 82 47 47 - www.harlequin.fr
ISBN 978-2-2804-9573-8 — ISSN 0993-4448

Composé et édité par HarperCollins France.
Imprimé en octobre 2023 par CPI Black Print (Barcelone)
en utilisant 100% d'électricité renouvelable.
Dépôt légal : novembre 2023.

FSC
www.fsc.org
MIXTE
Papier issu de sources responsables
FSC® C159065

Pour limiter l'empreinte environnementale de ses livres, HarperCollins France s'engage à n'utiliser que du papier fabriqué à partir de bois provenant de forêts gérées durablement et de manière responsable.

1

Un simple dîner, vraiment ? se demanda Ilaria Russo.

Sur le papier, sa mission était claire : se faire passer pour sa cousine Sophia, dîner avec un lord ou un duc et refuser la demande en mariage qui s'ensuivrait. Pendant ce temps Sophia s'enfuirait avec son amoureux, un marinier désapprouvé par son père, pour l'épouser.

Giovanni Avida avait beau être son oncle depuis qu'il avait épousé la sœur de sa défunte mère, Ilaria le considérait comme un de ses rares ennemis dans la vie. Cupide, calculateur, il ne pensait qu'à soigner sa fortune, et sa pingrerie avait contribué à dégrader les conditions de travail dans la mine où travaillait son père et où, pour finir, celui-ci avait trouvé la mort dix ans plus tôt. Un drame qui avait fait pas moins de vingt et une victimes dans le village.

Au lieu de payer pour ses actes, Giovanni avait été nommé ministre par le roi. Au lieu d'aider sa nièce désormais orpheline, il avait refusé de la recevoir dans sa luxueuse propriété de Roletto, autorisant seulement sa femme, sans doute sur l'insistance de celle-ci, à emmener quelquefois Sophia à Accogliente rendre visite à Ilaria. Il avait amassé ces dix dernières années plus d'argent encore et d'influence tout en déployant mille ruses pour marier Sophia à un noble afin de récupérer lui-même un titre.

Voilà pourquoi Ilaria avait saisi l'occasion de le contrarier en aidant sa chère cousine à échapper à la main de fer paternelle et se trouvait présentement à Roletto, capitale de Vantonella, profitant de leur ressemblance frappante pour prendre sa place.

Si elle n'avait aucun doute sur son objectif, le trac l'avait saisie à la descente du train dans la capitale nichée entre les sommets alpins et l'étincelant *lago di Cornio*. Trop d'immeubles, trop de monde autour de la gare pour elle qui avait passé vingt-quatre ans dans une petite ferme bâtie par ses ancêtres au cœur des montagnes de Vantonella, à élever des moutons pour aider son grand-père jusqu'à sa mort, l'année précédente.

Elle avait bien failli faire demi-tour, mais il était trop tard. Sophia l'avait repérée parmi la foule sur le quai. Elles avaient échangé habits et papiers d'identité et s'étaient embrassées en se souhaitant tout le bonheur du monde. Ces retrouvailles avaient redonné courage à Ilaria…

Jusqu'à son arrivée à l'adresse fournie par sa cousine.

En fait de restaurant, devant elle se dressait une vénérable cathédrale. Elle n'eut pas le temps d'hésiter, un garde en uniforme l'invitait déjà à entrer.

Dans la pénombre, tout au bout de l'allée centrale, au pied d'un autel richement orné, se tenait un homme très grand qui visiblement l'attendait. Ilaria essuya ses paumes moites sur sa robe d'emprunt. Le garde tendit la main derrière elle.

— Votre sac, dit-il.

Ilaria baissa les yeux sur le petit sac qu'elle serrait dans ses mains. Comme tout ce qu'elle portait sur elle il appartenait à Sophia… Le garde ne se laissa pas émouvoir par son hésitation. Allons ! Elle devait soigner sa conduite et faire oublier ses origines populaires, elle le savait.

Pour un soir, tu es la très riche et très éduquée Sophia Avida.

Demain, une fois Sophia mariée et réfugiée en lieu sûr, elle retrouverait sa ferme, confiée entre-temps à des mains compétentes. Après le drame de la mine son grand-père avait embauché des orphelins pour l'aider à s'occuper des moutons, et tous deux s'étaient retroussé les manches pour offrir une chance à ces enfants et à leurs mères devenues veuves de rester dans leur village natal, plutôt que d'être envoyés à la ville dans des institutions et de perdre leurs maisons en plus de tout ce qu'ils avaient déjà perdu. Tel avait été en effet le plan du roi Carlo et de son oncle au lendemain du drame...

Aujourd'hui ces enfants entraient dans l'âge adulte forts d'un socle de compétences et d'un petit pécule pour construire leurs vies. Leurs mères avaient pu prendre soin d'eux, même dans un village où les opportunités de travail étaient rares en dehors des fermes familiales depuis la fermeture de la mine.

Toutes proportions gardées, Ilaria aimait à penser qu'en acceptant d'aider Sophia, elle faisait ce qu'aurait fait son grand-père : ouvrir à quelqu'un le chemin de la liberté et du bonheur. Son père, elle n'avait pas pu le protéger. Elle n'avait pas davantage pu sauver son grand-père de la maladie qui avait fini par l'emporter. En revanche, elle pouvait épargner à Sophia une triste vie de marionnette dans la noblesse de Roletto.

— Avancez, Sophia, je vous prie.

La voix grave et autoritaire jaillie de l'ombre au bout de l'allée résonna longuement sous les voûtes de la cathédrale.

Ilaria se redressa, s'efforçant de ravaler son trac. Un regard furtif vers la porte lui confirma que le garde, planté devant, lui barrait maintenant le passage.

Quelque chose décidément ne tourne pas rond.

Elle se mit en marche vers l'inconnu, le cœur battant.

Pour Sophia. Et en un sens, pour oncle Giovanni.

Chaque pas résonnait dans le silence de cet édifice grandiose taillé dans le marbre le plus fin. La lumière filtrant à travers les hauts vitraux de couleurs vives faisait briller l'or et l'argent partout où se posait le regard. Ilaria qui n'avait jamais vu de sa vie une telle opulence, étant plutôt habituée aux toits rafistolés, aux sentiers boueux, au chahut des animaux de la ferme, se crut dans un palais.

Deux surprises l'attendaient au bout de l'allée, plus inquiétantes l'une que l'autre.

D'abord, un second personnage se tenait en retrait debout derrière un pupitre, une bible ouverte devant lui. Un prêtre. Et surtout...

L'inconnu qui lui avait intimé l'ordre de s'avancer n'était pas un nobliau quelconque. C'était le prince Frediano Montellero en personne. L'héritier direct du trône de Vantonella.

Les yeux d'Ilaria s'arrondirent de stupeur. Même dans son petit village reculé, des photos du prince avaient circulé. Il était célèbre pour avoir pris le contrepied de ses parents rebelles et impulsifs, morts jeunes au cours d'une ascension en escalade libre du Monte Morte. On le disait aussi strict et honorable que son grand-père le roi Carlo. Ilaria n'avait jamais compris comment on pouvait qualifier d'honorable une famille royale ayant le front de promouvoir un intrigant, pour ne pas dire un criminel, au rang de ministre, et déconnectée des nécessiteux au point d'expédier dans les orphelinats déjà bondés de la ville des enfants qui avaient tout perdu.

Pour autant elle ne fut pas insensible à la prestance du prince Frediano, avec son beau visage sculpté et sa carrure joliment découplée dans un costume sombre impeccable. La coupe rase de ses cheveux de jais lui donnait l'allure d'un guerrier. Les poils sur le menton lui demandaient sûrement la permission avant de pousser. Tout chez lui semblait crier : « Ne pas toucher ! », mais les doigts d'Ilaria mouraient d'envie de faire précisément le contraire, de tester la fermeté de ce profil ciselé, la douceur surnaturelle de ces cheveux.

Alors qu'elle aurait dû avoir envie de cracher sur ses chaussures cirées, elle ne put détacher les yeux de cet homme qui semblait irréel, descendu d'une autre planète.

La planète royale. Ilaria n'en revenait pas. En tendant la main, elle pouvait toucher un prince. Le monde avait basculé sur son axe.

Le prince Frediano hocha la tête en direction du prêtre.

— Nous pouvons commencer, dit-il.

Cette voix, encore...

Son écho secoua Ilaria, éveillant une drôle de chaleur dans une zone inconnue de son corps. Que se passait-il donc ici ? Elle n'y comprenait plus rien. C'était si nouveau pour elle qui était habituée à être aux commandes dans son village...

D'un ton monocorde, le prêtre déroulait un discours dans lequel il était question de la sainteté des liens du mariage et du caractère sacré des vœux. Puis il s'adressa au prince.

— Voulez-vous prendre cette femme pour épouse ?

À ces mots, une sorte de couinement plaintif s'échappa de la gorge d'Ilaria. Elle tourna vivement la tête vers le prince, ouvrit la bouche… Seul un second couinement en sortit.

— Oui, dit le prince avec une aisance hallucinante.

C'était absurde ! Il était donc prêt à épouser une inconnue entrée en titubant dans la cathédrale ce soir ?

Le prêtre reprit la parole, et Ilaria se mit à trembler. Elle allait avoir besoin de cordes vocales en état de fonctionnement, mais la panique montait et lui coupait tous ses moyens.

Lorsque le prêtre tourna les yeux vers elle, elle comprit que son tour était venu de répondre.

Impossible de prononcer un mot. Un rire hystérique faillit lui échapper. Cette scène n'avait aucun sens. Ce ne pouvait être qu'une farce. Un malentendu évident et très grave. Elle était censée se rendre à un dîner, à l'issue duquel elle aurait refusé une demande en mariage. Pas à la cérémonie bien réelle !

— Je suis navrée, articula-t-elle enfin d'une voix sourde. Il y a erreur sur la personne.

Pour la première fois, le regard du prince Frediano se posa sur elle. Ses yeux noirs charriaient un mépris si glacial qu'elle se trouva de nouveau à court de mots et se remit à trembler de tout son corps.

— C'est impossible, répliqua-t-il. Je ne tolère pas l'erreur.

— Mais… je ne suis pas…

— Vous êtes ici, oui ou non ?

— Oui, mais…

— Là ! Elle a dit oui. Poursuivez, *padre*.

— Pas du tout ! Ce n'est pas à cette question-là que je répondais…

Mais le prêtre, docile, avait déjà repris la parole, suivant l'ordre du prince tout-puissant.

— C'est un cauchemar, murmura Ilaria.

— Vous voulez dire que tous vos rêves se sont réalisés. Inutile de me remercier, dit le prince, contenant visiblement à grand-peine son impatience. Bien ! Les formalités étant à présent terminées, nous allons nous rendre au palais. Un entraînement s'impose avant la présentation officielle demain, ajouta-t-il en la détaillant du regard.

— Un entraînement, répéta Ilaria hébétée.

Le prince remontait déjà l'allée d'un pas martial. Elle se dépêcha de le rattraper, manquant trébucher dans ses escarpins d'emprunt. Les escarpins de Sophia.

Il suffisait de trouver les mots justes pour s'expliquer et rattraper le coup. Elle en était capable. À la mort de son père, c'était elle qui avait pris les choses en main, consolé son grand-père, suggéré d'accueillir les orphelins à la ferme, chassé les rapaces venus tenter de racheter leur ferme pour trois sous. Comme toujours dans les moments tragiques, elle saurait faire face aujourd'hui.

Pour Sophia.

— Attendez ! cria-t-elle.

Le prince ne donna aucun signe de l'avoir entendue. Parvenu devant une porte dérobée de la cathédrale, il l'ouvrit et se retourna enfin vers elle.

Son regard noir la scruta avec une telle intensité qu'elle eut envie de se ratatiner sur place.

— Je suis un peu perdue, bafouilla-t-elle. Je ne comprends pas ce qui vient de se passer.

— C'était assez clair pourtant, il me semble.

— Ma foi, un mariage, dit Ilaria avec un rire étranglé.

Honnêtement, comment faisait-il pour ne pas se joindre à son hilarité ? C'était tellement absurde !

Devant son air impassible, Ilaria se demanda soudain s'il lui arrivait de rire dans la vie. Les bouches royales savaient-elles seulement s'incurver ? Les portraits austères des Montellero ne présentaient que des visages sérieux, dignes, sans une once de joie.

— Après vous, princesse, dit-il en lui désignant la porte.

Princesse.

Il lui vint une envie de hurler.

— Que cela vous plaise ou non, il y a erreur sur la personne, dit-elle précipitamment. Sophia m'a dit qu'elle devait dîner avec un duc ou un lord. Je devais venir à sa place, refuser toute demande en mariage et rentrer ensuite à Accogliente...

— Silence !

Ilaria pinça les lèvres.

— Que dites-vous exactement ? demanda le prince d'une voix tendue.

Ilaria rassembla son courage. Il fallait rétablir la vérité. Son cœur battait fort, même serrées l'une contre l'autre ses mains tremblaient, mais elle soutint vaillamment le regard intimidant du prince.

— Sophia est ma cousine. Vous vous êtes trompé d'épouse.

Frediano ne réagit pas tout de suite. Il savait tempérer toutes ses émotions basiques, colère, envie, convoitise, en jouant le temps.

Il avait même passé l'essentiel de sa vie à apprendre à se contrôler, suivant en cela l'exemple de son grand-père qui l'avait sauvé de la négligence coupable de ses impétueux parents et qui gouvernait Vantonella de façon honorable et juste depuis quarante ans. Or le cœur de ce héros menaçait aujourd'hui de lâcher. D'après les médecins, s'il ne renonçait pas au trône pour se faire opérer et prendre enfin du repos, il ne survivrait pas jusqu'à son prochain anniversaire.

Frediano comptait s'assurer que le grand roi Carlo vivrait assez longtemps pour le fêter vingt fois encore au moins. Voilà pourquoi il avait décidé de prendre femme dans le plus grand secret, et pas n'importe laquelle, une personne discrète et malléable, qui ne menacerait pas l'ordre des choses, aux antipodes de sa mère égocentrique et toujours prompte à se mettre en scène. Sans cela, le roi n'abdiquerait pas. Il ne pouvait courir le risque de voir le passé se reproduire, d'autant que Frediano était son unique héritier survivant.

Immobile, le prince tenta d'assimiler ce qu'il venait d'entendre. Il n'avait donc pas épousé Sophia Avida, dont le père était un riche marchand, par ailleurs ministre de l'Énergie de la Couronne, et qui, n'étant ni noble ni pauvre, aurait fait une princesse aussi docile qu'insipide.

Il avait épousé sa cousine.

— Je suis censé croire que vous n'êtes pas Sophia, dit-il, alors que vous lui ressemblez trait pour trait ?

Elle serra les mains si fort que les jointures blanchirent, mais soutint son regard sans flancher.

— Je ne dirais pas que nous sommes tout à fait semblables.

La différence ne sautait pas aux yeux. Certes, l'éclairage de la cathédrale avait été tamisé pour que rien ne filtre à l'extérieur et que la presse ne se doute de rien avant l'annonce officielle prévue le lendemain...

Frediano étudia la créature figée devant lui dans le halo des candélabres. Il avait à peine croisé Sophia en de rares occasions, cette union n'étant pas une affaire de sentiments, mais il avait bonne mémoire. Mêmes cheveux bruns. Des yeux verts, persemés de bleu... mais celle-ci avait le nez saupoudré de taches de rousseur. La sophistiquée Sophia ne traînait sûrement pas au soleil. La robe était sage, de belle coupe, quoique mal ajustée autour des épaules...

Un emprunt. Une idée de la cousine traîtresse, sans doute, qui avait pressenti le coup fourré ce soir et avait envoyé à sa place sa cousine, tablant sur leur ressemblance.

— Vous venez d'Accogliente ?

Elle hocha la tête.

Un minuscule village des montagnes du nord...

Sophia, elle, avait grandi à Roletto, suivi des études et appris les règles de l'étiquette. Son père rêvait d'une union avec la noblesse, et c'était un atout aux yeux de Frediano, propre à lui assurer la mainmise sur lui et les siens. Elle n'aurait pas attiré l'attention, elle aurait obéi aux ordres et ne lui aurait jamais fait honte comme sa mère.

À l'inverse, cette villageoise ne saurait jamais se tenir au palais. Une source d'embarras, à coup sûr. Ceux dont raffolaient les journalistes...

C'était une erreur inadmissible de sa part.

Il pouvait obtenir le silence du *padre* et du garde, tout comme celui du personnel chargé de préparer leur arrivée au palais, retrouver Sophia et exiger qu'elle l'épouse. C'était aussi simple que cela. Seulement cela prendrait des heures. Des jours, peut-être. Autant de risques de fuites et de complications. Plus le temps passait, plus la santé de son grand-père déclinerait...

Frediano avait promis au roi une future princesse idéale à présenter dès demain au peuple de Vantonella. Pas question de revenir sur sa promesse et de rentrer bredouille au palais.

Il batailla pour ravaler la colère qui bouillonnait dans ses veines. Quelqu'un avait déjoué ses plans et donné la priorité à ses propres besoins sur ceux de tous les autres. Voilà qui lui rappelait fâcheusement une enfance entière à se débrouiller seul tandis que ses parents courtisaient la presse en jouant leurs petits numéros indécents. Imbus l'un et l'autre de leurs petites personnes, ces deux-là s'étaient bien trouvés. Leur « amour » réciproque avait causé des ravages.

Mais il n'était plus un enfant gelé, seul, au pied d'une montagne où ses parents avaient trouvé la mort. Il était un adulte. Un prince. Le futur roi.

Frediano mesura du regard l'inconnue qu'il venait d'épouser. Elle serait aussi ennuyeuse et docile que sa cousine, trancha-t-il sur-le-champ. Si elle avait eu des fantômes dans ses placards, l'enquête détaillée sur Sophia les aurait mis au jour.

Un solide apprentissage pouvait lui inculquer les bonnes manières, lui apprendre à se tenir. Comme lui naguère. Peut-être était-ce mieux ainsi. Une terre glaise vierge à travailler.

De cette erreur, il ferait un triomphe. C'était ce qu'il savait faire de mieux.

Il lui prit le coude pour sortir dans la fraîcheur du soir.

— Poursuivons, dit-il.

— Comment ça, « poursuivons » ? bredouilla la jeune femme, baissant les yeux sur sa main tandis qu'il l'entraînait vers la berline anonyme réservée à ses escapades *incognito*.

— Nous sommes mari et femme. Vous êtes désormais la princesse... Quel est votre nom ?

— I… Ilaria Russo.

— La princesse Ilaria Montellero. Nous allons nous rendre au palais pour préparer l'annonce officielle de nos noces. Vous avez beaucoup à apprendre avant cela.

Le chauffeur leur ouvrit la portière arrière. Ilaria, titubante, dégagea vivement son bras et tourna le dos à la voiture.

— Le prêtre a dit « Sophia » et non « Ilaria » ! lança-t-elle, les poings serrés.

Frediano aurait éclaté de rire s'il en avait eu le loisir.

— Vous m'avez forcé la main, poursuivit-elle d'un ton rageur. Nous ne nous connaissons pas. J'ai une maison et absolument aucune envie de devenir princesse !

— Le prêtre corrigera l'erreur de prénom qu'il a commise, répliqua Frediano. Se connaître n'est pas nécessaire pour se marier. Quant à votre maison, s'il y a des souvenirs que vous souhaitez garder avec vous, j'enverrai dès demain quelqu'un les récupérer.

— J'ai une ferme. Des responsabilités…

— Vous n'aurez qu'à tout vendre.

— Je ne vendrai rien ni personne. Des gens dépendent de cette ferme. Vous ne pouvez pas faire irruption dans ma vie et tout me prendre sous prétexte que vous êtes prince !

— Vous allez vite constater que c'est précisément ce que je peux faire.

— C'est du délire !

Ses joues s'étaient empourprées, ses yeux verts étincelaient. Leur teinte exacte semblait varier selon l'humeur. Peut-être avait-elle raison, elle différait un peu de sa cousine. Un peu plus jolie, sans doute, lorsqu'elle était en colère…

Frediano se ressaisit. La colère, la beauté, tout cela ne comptait pas. L'essentiel était de reprendre la situation en mains.

— Je protégeais ma cousine d'une demande en mariage dont elle ne voulait pas et qu'elle craignait de ne pas pouvoir refuser. Je suis désolée que vous vous soyez mépris, mais…

— Je ne me méprends pas, décréta Frediano. C'est vous qui

ne comprenez pas. Votre cousine savait qu'elle devait m'épouser ici ce soir, Ilaria. Elle m'a berné et vous a bernée aussi.

Elle en resta coite. À son regard incrédule, il devina qu'elle doutait de ses paroles.

Il s'en moquait bien, mais elle venait de lui offrir là un levier qui lui serait utile pour la soumettre à sa volonté. Si elle tenait à Sophia, si elle se considérait comme son ange gardien, alors elle ferait tout pour la protéger.

— Sa duperie sera châtiée, n'ayez crainte, dit-il d'un ton léger. Mais ce qui est fait, est fait. Vous êtes mon épouse, ma princesse, et ceci est définitif.

— Et si je refuse ? répliqua-t-elle en redressant le menton.

— Je peux encore débusquer votre cousine, si vous préférez, la ramener au palais de gré ou de force et faire d'elle ma princesse à votre place. Car soyez-en persuadée, *tesoro*, je ne retournerai pas au palais sans une épouse.

2

Ilaria déglutit, la gorge nouée de terreur, mais aussi d'un sentiment de trahison dont elle n'arrivait pas à se défaire. Le prince mentait. Jamais Sophia ne se serait servie d'elle ainsi…

Elle se remémora toutefois quelques bizarreries dans le comportement de Sophia à la gare. Sur le moment, elle avait mis cela sur le compte de la peur à l'idée de défier Giovanni et de l'excitation avant de partir épouser l'amour de sa vie. Mais n'était-ce pas plutôt une pointe de remords ?

Quoi qu'il en soit, en sauvant sa cousine elle s'était mise dans de beaux draps. Elle ne pouvait pas être mariée au prince Frediano… Le prêtre avait dit « Sophia » en lisant les vœux, elle-même n'avait pas vraiment dit oui… Ils n'étaient pas mari et femme.

Pourtant, inexplicablement, le prince semblait tenir à ce qu'ils le soient, indifférent à la légalité comme à sa volonté à elle.

— Quel est votre choix ? s'enquit-il d'un ton doucereux.

Ces mots auraient dû la mettre en rage, mais la voix du prince provoquait chez elle l'effet inverse. Elle la réchauffait, elle faisait battre son cœur lourdement sous ses côtes… Comment était-ce possible ?

Refoulant son envie de fuir, elle se concentra sur ce choix qui s'offrait à elle.

Il y avait deux options possibles. Aucune n'était satisfaisante, mais une seule protégerait Sophia. Sa cousine l'avait peut-être jetée sciemment aux loups, mais elle avait sans doute ses raisons. Ou elle avait encore besoin d'être sauvée. Oui, c'était certainement cela. Le moyen d'abandonner maintenant et de décevoir Sophia après avoir promis de l'aider ? Elle allait devoir être forte. Et futée.

Elle avait su repousser les hommes d'affaires convoitant ses terres et les agents de l'État acharnés à reléguer ces pauvres enfants dans les orphelinats de Roletto, mais comment convaincre un prince qu'il faisait fausse route ? Les puissants, rois ou princes, se souciaient peu des désirs ou besoins des autres, c'était bien connu.

Elle sentait que la patience de Frediano était à bout. Elle ne pouvait que s'incliner dans un premier temps. Dès qu'elle aurait la certitude que Sophia était en sécurité loin de la capitale et mariée officiellement à son marinier, alors elle trouverait un moyen de s'évader à son tour. Sans plus argumenter elle se glissa dans l'habitacle sombre de la berline.

Le prince s'installa près d'elle sur la banquette et la température parut monter d'un cran. Il n'était qu'une ombre à contre-jour, mais Ilaria sentit son regard la jauger. Il lui sembla que des doigts lui caressaient la peau. Elle frissonna. En dépit de son inexpérience en matière de relations intimes, elle savait ce qu'impliquait un mariage. Il n'attendait tout de même pas d'elle que...

C'était là une limite qu'elle ne franchirait pas. Même pour sauver Sophia.

— Eh bien, dites-moi donc, Ilaria Russo, dit le prince en prononçant son nom comme un mets nouveau à savourer. Auriez-vous volé au secours de votre cousine si vous aviez su qu'un mariage vous attendait au bout de l'allée ?

Mal à l'aise, Ilaria ne répondit pas. Même abasourdie, même blessée, elle n'était pas sûre de regretter son choix. Sachant la vérité elle aurait sans doute volé tout de même au secours de Sophia, pensant pouvoir gérer la situation.

En aurais-tu été capable ?

Ilaria détourna les yeux et regarda défiler les lumières à travers la vitre. Les habitations s'éloignaient à mesure que la route grimpait dans les collines. Il lui fallait un plan d'action, vite, qui les arrache l'une et l'autre aux griffes de cet homme.

Le chauffeur stoppa devant une haute muraille de pierres sinuant le long de la route. S'était-il perdu ? À moins que ce rempart ne se brise par la seule volonté du prince…

À sa grande stupeur, le mur se mit en branle, créant une ouverture assez large pour permettre à la berline de passer. Quelques secondes encore, et même dans la nuit noire Ilaria vit se dresser au loin des ombres géantes éclairées de lueurs vacillantes.

Le palais royal…

Elle n'avait même jamais osé rêver de l'approcher.

À côté d'elle la voix coupante qui loin de lui écorcher les oreilles, semblait toujours lui caresser le corps, s'éleva de nouveau.

— Dès demain, des leçons d'étiquette vous seront données, mais puis-je me permettre de vous offrir ici et maintenant la première ? Rester bouche bée, telle une carpe prise à l'hameçon, n'est pas une attitude digne d'une princesse. À proscrire.

Encore ce mot…

C'était déjà plus que troublant d'être en train de discuter avec le prince Frediano Montellero, héritier du trône de Vantonella, dans sa voiture qui plus est, et de se sentir frémir au son de sa voix… Mais qu'il persiste, cerise sur ce gâteau d'absurdités, à l'appeler princesse !

— Vous ne pouvez pas me vouloir, moi, comme princesse de Vantonella, murmura-t-elle.

— Pourquoi pas ?

— Je ne suis personne. Déjà le choix de Sophia m'étonne, mais au moins son père est riche. Moi, je suis une orpheline d'Accogliente, élevée par son grand-père dans une très modeste ferme ovine. Je ne sais rien faire d'autre que m'occuper d'une maison et élever des moutons.

— Inutile de me le rappeler…

— N'est-ce pas ? Cette histoire est simplement grotesque. Dites au chauffeur de faire demi-tour et déposez-moi à la gare. Cela vaut mieux pour vous comme pour moi, je vous le promets. Nous ne sommes pas mariés et ne le serons jamais.

— Vous semblez croire pouvoir m'amener à changer d'avis, répliqua le prince. Encore une fois, c'est impossible. Je rentrerai au palais avec une épouse et cette épouse, ce sera vous. Ou préférez-vous que ce soit votre cousine ?

Le ton froid et implacable sur lequel il énonça cette sentence évoquait une peine de prison. Dans le charivari d'émotions qui secouait Ilaria, la panique l'emporta. Elle ne pouvait pas le laisser ôter toute chance de liberté à Sophia. Elle ne voulait pas non plus sacrifier la sienne. Restait donc une possibilité et une seule : fuir. Quitte à sauter d'une voiture en marche.

Sa main se tendit vers la poignée, mais le prince s'en saisit avant qu'elle ait pu passer à l'acte. Était-il si vif ? Avait-elle trop hésité ? Tout lui échappait, ses idées s'embrouillaient.

Il avait de grandes mains. Chaudes. Enveloppantes. Le cœur d'Ilaria battit à coups redoublés.

— Voulez-vous me dire où est Sophia ?

— Non.

— Je pourrais la faire rechercher, bien entendu. Mes gens pourraient la ramener de force…

— Non !

Il haussa les épaules, sans lâcher sa main.

— Dans ce cas, j'ai bien peur que vous soyez l'épouse que je présenterai demain à mon grand-père et à notre peuple.

Ilaria inspira vivement. Elle devait se ressaisir avant de commettre l'irréparable. Tout ceci était malheureux, oui, mais ce n'était pas un drame, comparé à la mort de ses parents puis de son grand-père. C'était une erreur. Une succession d'erreurs, à la rigueur.

Fuir était donc exclu. La décision du prince semblait irrévocable. Cet homme était aussi incompréhensible et imprévisible que la nature. Elle allait devoir le gérer comme tout bon fermier gérait les caprices du temps. Patienter, laisser passer la tempête, nettoyer les dégâts ensuite, sans jamais baisser les bras devant la violence des éléments ni se décourager, si douloureux que soit le résultat.

— Vos mains sont rêches, dit-il soudain.

— Évidemment, rétorqua Ilaria.

Avoir sa main prisonnière de celles du prince était aussi une forme de tempête. Elle avait la drôle de sensation de fondre de l'intérieur. Si c'était un garçon du village elle le repousserait sans difficulté, d'un regard sévère ou quelques mots bien sentis. C'était arrivé quelquefois. Mais un homme… Un prince !

— J'ai travaillé, figurez-vous. Vous ne pouvez pas en dire autant, j'en suis sûre. La notion de travail est étrangère à votre famille.

Il ne répondit pas, concentré sur les figures qu'il traçait du bout des doigts sur la paume, puis le dos de sa main. Respirer normalement devenait compliqué. Un émoi inédit, qu'elle ne connaissait que par ses lectures, la submergeait.

Tu ne seras pas attirée par cet homme. Il est ton ennemi.

Quoi qu'elle se raconte, son corps avait d'autres idées. Comme le prince effleurait du pouce la saignée de son poignet, elle tressaillit. Une onde de chaleur la traversa, comme si elle avait été frappée par la foudre.

Dans la pénombre, elle devina qu'il esquissait un petit sourire amusé. Hélas, aucune réplique cinglante ne lui vint à l'esprit. Elle se surprit même à osciller vers lui, comme aimantée, victime des sensations que ces doigts mettaient au jour, voyageant plus haut maintenant, tout en douceur, sur l'avant-bras nu. Son souffle s'altéra encore un peu plus.

— Deuxième leçon, si vous voulez bien, Ilaria.

Cette voix grave prononçant son prénom lui donna la chair de poule. Il dut s'en rendre compte car il lui caressa le bras comme pour l'apaiser.

— Le monde est cruel, poursuivit-il. Qu'on élève des moutons ou qu'on épouse des princes, rien de tout cela n'a d'importance dans le grand ordre de l'univers. Mais je suis inévitable, et ce que j'estime nécessaire est inexorable. Vous pourrez toujours me combattre, je ne plierai pas.

Là-dessus il la lâcha abruptement. La main d'Ilaria retomba sur ses genoux. Elle se sentit soudain glacée comme si elle avait reçu une gifle, et la colère revint en force.

— Savez-vous ce qu'on dit de ce qui refuse de plier ? rétorqua-t-elle.

— Les roturiers se brisent. Moi je suis prince et futur roi. J'obtiens ce que je veux, sans jamais rompre.

Ce discours revenait à tenter le diable, mais les princes maîtrisant tout, pourquoi pas le diable aussi ?

Tout, mais pas moi, se dit-elle fermement.

D'une manière ou d'une autre, elle s'en sortirait et tout s'arrangerait. Sophia, mariée à son marinier et heureuse. Son oncle, privé de titre de noblesse. Et elle, Ilaria, de retour auprès de ses moutons.

La tempête passerait. Il suffisait de patienter.

La voiture s'arrêta.

— Bienvenue chez vous, princesse, dit la voix grave.

Frediano se trouvait rarement déconcerté. La vie regorgeait de défis pour un prince et futur souverain, mais c'était un peu comme la guerre, on développait une stratégie, un plan de maître, on infléchissait l'ordre des choses, et l'objectif était atteint.

Comment infléchir Ilaria ? Les menaces contre sa cousine l'inciteraient un temps à la docilité, mais cela ne durerait pas. Un levier plus puissant s'imposait.

Une simple villageoise, en soi, était malléable. Frediano avait modelé à sa convenance plus d'un sujet récalcitrant. Mais la loyauté d'Ilaria l'intriguait. Le déroutait, même. Sophia lui avait clairement menti, s'était servie d'elle sans se soucier des conséquences à vie pour elle, pourtant Ilaria était prête à sacrifier son avenir pour celui de sa cousine.

Cela le laissait perplexe. Il ne comprenait pas davantage la fascination qu'exerçaient sur lui ces mains si rugueuses attachées à des poignets si gracieux. Comme ces pointes de colère enchâssées sous une douceur qui les rendait d'autant plus tranchantes. Ses yeux intelligents analysaient posément le problème…

Un trait de caractère qu'il connaissait bien, et pour cause.

Il aurait pu balayer cela d'un revers de main. Il n'était pas du genre à se laisser impressionner par un adversaire connaissant le pouvoir de la patience et du silence.

En réalité, c'étaient ses réactions au moindre contact avec lui qui le tracassaient. Comme si le simple fait de lui tenir la main lui causait autant d'émoi qu'un corps-à-corps nocturne. Ilaria était sensible et ses propres appétits s'en trouvaient éveillés bien au-delà du seuil confortable. Elle n'avait pourtant rien de nature à susciter chez lui un trouble aussi intense...

Il descendit de voiture et attendit qu'elle en fasse autant.

L'attirance rendrait agréable la production d'héritiers, sans doute, mais tel n'était pas l'objectif. Ce qu'il recherchait, et obtiendrait, c'était la respectabilité. Celle que ses parents s'étaient acharnés à détruire avec leur mépris des traditions et leurs choix irréfléchis, cause directe des soucis de santé actuels du roi qui s'était pourtant mis en quatre pour satisfaire leurs moindres caprices. Lui-même avait failli en mourir, au pied de cette montagne, des années plus tôt...

— Rester dans cette voiture ne changera rien à la situation, lança-t-il après avoir attendu bien plus longtemps qu'un prince n'était censé attendre quoi que ce soit.

Étonnamment, Ilaria apparut aussitôt, les yeux levés vers le palais. Il la revit lever de la même façon les yeux vers lui en arrivant dans la cathédrale. Le tressaillement qu'il avait alors ressenti aurait dû l'alerter. C'était un signe laissant présager des difficultés à venir.

— C'est beau, murmura-t-elle.

Étant une pauvre fille de ferme d'Accogliente, elle n'était sûrement jamais venue à Roletto. La splendeur du palais bâti des siècles plus tôt pour le premier roi de Vantonella lui était inconnue.

Il faisait nuit noire, mais les lumières venant de l'intérieur et les torches allumées au-dehors illuminaient les murs de pierre et les volets rouge sombre, ainsi que les tours et les flèches pointées vers le firmament étoilé comme les montagnes voisines à l'ouest. À son lever, le soleil ferait étinceler la beauté des eaux pures du *lago di Cornio* au pied de la colline.

Ce pays était petit, de peu d'intérêt pour le monde extérieur, mais fier. Important pour lui et pour le nom des Montellero.

Frediano considéra sa jeune épouse. Il ne permettrait pas qu'elle entache le symbole qu'il incarnait.

— Suivez-moi, princesse.

— J'aimerais que vous cessiez de m'appeler ainsi, dit-elle en lui emboîtant le pas.

Il se dirigea vers l'entrée de service dans la cour, d'où il la conduirait ensuite en toute discrétion jusqu'à une chambre préparée à son intention dans l'aile du château où il logeait lui-même.

— Vous allez devoir vous habituer à votre nouveau titre, j'en ai peur.

Ils avaient atteint la porte, que son aide leur tenait ouverte.

— Merci, Eduardo. Sa chambre est-elle prête ?

— Oui, Votre Altesse.

— Excellent. Son personnel ?

— Il est arrivé, Votre Altesse. Dois-je conduire madame à sa chambre ?

— Non, je m'en occupe. Dites s'il vous plaît à mon grand-père que je suis rentré et que tout est en ordre. J'aimerais jeter un dernier coup d'œil aux communiqués de presse avant leur envoi demain matin.

Très peu de personnes étaient dans la confidence, mais le plan suivait son cours. Mariage secret ce soir. Annonce déjà rédigée à paraître dans la presse demain. Présentation au peuple dans l'après-midi, conformément à la tradition. Frediano n'avait plus qu'à changer le prénom de la princesse avant l'envoi de l'annonce à l'impression.

Eduardo hocha la tête et disparut.

Ilaria ne remarqua rien, occupée à admirer cette salle majestueuse et déserte à cette heure, ses fenêtres en ogive, ses candélabres dont les flammes rougeoyaient dans la pénombre, son plafond surtout, orné d'une fresque représentant le ciel qui tournoyait jusqu'à la pointe de la flèche visible depuis l'extérieur.

— C'est stupéfiant, commenta-t-elle. Ce bâtiment a été construit avec très peu de moyens techniques ou mécaniques, juste beaucoup d'ingéniosité et des mains nues… Et sa splendeur s'offre encore des siècles plus tard à tous ceux qui entrent ici et lèvent les yeux. Il est devenu un symbole durable de ce pays. De votre famille.

Ilaria venait de poser des mots sur ce qu'il avait toujours ressenti. À propos de cette pièce, de son pays, son héritage, son rôle. Il eut la vague sensation d'un danger.

Puis elle croisa son regard, et son expression émerveillée disparut.

— Vous n'avez sûrement jamais pris la peine d'apprécier les roturiers qui ont accompli ce miracle...

— Vous faites désormais partie de ce symbole, Ilaria, répliqua Frediano, ignorant délibérément sa dernière remarque.

— Je perdrais mon temps, je présume, si je vous disais que je ne veux pas ?

— Tout juste.

Un soupir lui échappa. Elle détourna les yeux.

— Je suis fatiguée.

— Je vais vous accompagner dans vos appartements. Vous pourrez prendre du repos avant de commencer vos leçons demain.

— Ces leçons ne serviront à rien. Je ne peux pas apprendre à être princesse.

Elle le suivit néanmoins docilement vers l'aile du palais réservée au prince. Frediano l'observa à la dérobée. Elle absorbait du regard chaque encorbellement, chaque peinture. Ce mot « princesse » la répugnait sans doute, mais le palais lui plaisait. Peut-être parce qu'il avait été bâti par des roturiers.

— J'ai moi-même appris à être prince.

— Vous êtes né prince, rectifia Ilaria.

— Ah ! Mais vous n'avez pas suivi toute l'actualité royale, *tesoro*. J'étais plus jeune que vous au moment de mon apprentissage, mais ma petite enfance ne s'est pas déroulée sous les ors de ce palais. Je dépendais des caprices de mes parents jusqu'à leur décès prématuré.

Ce discours parut atterrir dans un silence inconfortable, comme si Ilaria en détectait toute la noirceur cachée. Tous ces soirs, alors qu'il était encore bébé, affamé et seul pendant que ses parents festoyaient ailleurs... Ils auraient pu le confier à son grand-père ou au personnel royal mais, non, ils aimaient à se prétendre détachés du trône et de ses attributs tandis que lui, souffrait.

Frediano chassa ces pensées malvenues. Il avait bien des choses à faire encore ce soir, conduire la jeune épousée dans ses appartements, corriger les communiqués de presse et surtout, se renseigner sur Ilaria Russo.

Il mettrait au jour ses moindres points faibles de manière à se l'attacher définitivement. Tout irait bien, puisqu'il contrôlait tout. Ce mariage serait parfait aux yeux du roi comme du peuple, il n'y aurait ni la disgrâce d'un divorce ni le plus petit parfum de scandale, seulement sa princesse et future reine et leur dévotion réciproque sinon authentique, du moins sereine. Ainsi son grand-père pourrait abdiquer et prendre soin de sa santé.

— Je n'ai aucun souvenir de ma propre mère, dit Ilaria en accélérant le pas pour se maintenir à sa hauteur. Elle est morte en me mettant au monde. Quant à mon père, il a été tué à Estraz.

Estraz. Un accident minier remontant à plus de dix ans, qui avait fait une vingtaine de victimes, des habitants de petits villages du nord. Une tragédie nationale dont tout le monde avait conscience à Vantonella...

Encore un détail contrariant du passé d'Ilaria. Elle était plus pauvre qu'il ne l'aurait voulu, la presse en ferait ses choux gras. Il se promit d'utiliser tous les outils à sa disposition pour étouffer la curiosité publique. Voilà qui exigerait du doigté, comme toute cette affaire, du reste. Pas de quoi lui faire peur.

Il atteignit l'étage qu'allait occuper Ilaria en sa qualité de princesse. Et d'épouse. C'était un peu troublant d'installer quelqu'un ici, pour lui qui vivait seul dans cette aile depuis son dix-huitième anniversaire. Son grand-père ne s'y aventurait jamais. Il s'était habitué au calme.

Ilaria allait tout déranger...

Non. Il ne le permettrait pas. Elle ferait ce qu'on lui dirait de faire et s'apercevrait vite que c'était dans son intérêt.

Frediano ouvrit la lourde porte menant à un petit salon et sans un mot, traversa la pièce jusqu'à celle de la chambre à coucher. Il fit quelques pas à l'intérieur et se retourna pour inviter Ilaria à faire de même.

Elle promena les yeux autour d'elle, visiblement nerveuse. C'était une chambre décorée avec goût, destinée à rendre n'importe quelle femme heureuse, et plus belle certainement que tout ce qu'elle avait pu voir dans sa vie. Pourtant elle ne semblait pas ravie. Pour finir elle le regarda d'un air méfiant et recula d'un pas.

— Ceci est… ma chambre ? demanda-t-elle en rougissant.

Frediano s'amusa malgré lui de son inquiétude.

— Vous attendiez peut-être quelque chose de plus luxueux ?

— Ne soyez pas ridicule !

— Alors quel est le problème, Ilaria ? s'enquit Frediano d'une voix soyeuse en se rapprochant d'elle.

L'air parut soudain se réchauffer et grésiller de toutes les façons possibles.

C'était son épouse, après tout. Il avait cherché une femme ordinaire et Ilaria faisait l'affaire, pour l'essentiel. Sa taille, sa silhouette dans cette robe mal ajustée, même le brun sans éclat de sa chevelure épaisse et ondulée, tout était moyen chez elle… Hormis ses yeux. Les nuances de vert changeantes de ses prunelles étaient piquantes. Charmeuses. Utilisées comme arme, elles pouvaient semer le chaos.

À surveiller, donc.

— Il n'y a pas de problème, répliqua-t-elle d'une voix un peu étranglée.

Au fond de lui Frediano sentit son sang-froid vaciller. L'envie lui venait de poser les mains sur sa peau empourprée, pour voir jusqu'où s'étendait la rougeur. Si d'autres zones seraient aussi rugueuses que ses paumes, ou si le corps d'Ilaria n'était que soie.

— Dans votre village, mari et femme partagent une chambre, je suppose, dit-il en s'avançant pour voir de plus près ces yeux, cette rougeur, et pour le plaisir de la provoquer.

Ilaria resta figée sur place. Était-ce le courage, ou au contraire la peur, qui l'empêchait de battre en retraite ? Qu'importe. L'un et l'autre pouvaient servir.

— Je…

— Et même un lit, ajouta-t-il comme si l'idée venait de lui traverser l'esprit.

En réalité, le lit était entré dans l'équation depuis un moment, précisément depuis qu'elle avait tressailli à son contact dans la voiture.

Elle n'aurait pas dû le fasciner à ce point. Cela ne figurait pas dans son plan. Lui qui ne déviait jamais d'un plan établi, voilà qu'il se retrouvait avec une série d'ajustements à inclure et une attirance impossible pour une épouse qu'il n'avait pas choisie.

Ilaria secoua la tête.

— Je ne…

— Nous aussi, bien sûr, nous en partagerons un.

Cela aussi était inévitable. Et comme ses yeux, par trop tentant.

Ilaria émit un couinement aussi inélégant que celui qui lui avait échappé dans la cathédrale, mais loin de se dérober elle soutint son regard. Cette femme ne manquait pas de cran.

— Vous êtes ma femme, Ilaria.

À ces mots, elle laissa échapper un soupir tremblant.

Foudroyé par le désir, Frediano se trouva soudain à court de mots. Complètement désarmé. Cette brusque chaleur qui lui mordait le cœur ! Il voulait cette femme nue, livrée à tous ses caprices, dans le lit géant qui leur tendait les bras. Tout de suite.

Mauvaise idée.

Il maîtriserait cette convoitise déraisonnable, il en était capable. Si la mettre dans son lit lui faisait plaisir, pourquoi pas ? Le plaisir serait partagé, sans nul doute. Mais pas question de se laisser dominer par des pulsions traîtresses qui ne pouvaient mener qu'au désastre. Rien ne pressait. Il accomplirait son devoir de produire des héritiers en temps et heure.

— Ce soir, toutefois, il vous faut prendre du repos, reprit-il en s'éloignant vers la porte. Demain vous serez présentée à notre peuple. Dormez bien, princesse.

Là-dessus, il s'éclipsa en serrant les dents.

3

Ilaria mit un certain temps à se calmer après le départ du prince, assaillie de sensations indésirables qu'elle ne parvenait pas à brider, en dépit de ses efforts.

L'attirance. Jamais elle n'aurait cru éprouver cela un jour. Ses responsabilités à la ferme ne lui laissaient pas le loisir de se pencher sur des sujets aussi futiles. Le grand amour, le mariage, elle se disait que ce n'était pas pour elle. Et dans son esprit, l'alchimie physique allait avec.

Clairement, c'était une erreur.

Sur Sophia aussi elle s'était trompée. Elle aurait aimé croire que le prince mentait. Hélas, il n'y avait pas d'autre explication logique. Sa cousine connaissait le sort auquel elle la condamnait en agissant de la sorte.

Pourtant Ilaria avait choisi de rester, pour la protéger de Frediano.

La situation dépassait l'entendement. Elle, mariée à un prince ! Le symbole même de tout ce qu'elle honnissait depuis le drame de la mine. Le petit-fils d'un roi indifférent au sort des orphelins, et pour qui l'oncle Giovanni, avec sa dangereuse obsession pour la réduction des coûts, avait le profil parfait d'un ministre de l'Énergie. Elle ne pouvait pas intégrer ce monde-là, son père comme son grand-père se retourneraient dans leurs tombes…

Mais comment condamner sa cousine à ce même sort alors qu'elle avait un amoureux prêt à l'arracher à la main de fer paternelle ? La douce Sophia aurait-elle la force d'affronter un prince, elle qui n'avait même jamais été capable de tenir tête à son père ?

Ilaria songea au sombre et inquiétant Frediano, à l'effet déstabilisant qu'il produisait sur une femme, même solide comme elle. Comme s'il pouvait déclencher un tremblement de terre partout où il posait le pied.

Avec un soupir, Ilaria se laissa tomber sur le lit et crut atterrir sur un nuage. Rien de commun avec les draps rêches du petit lit bosselé à la ferme…

Il existait forcément un moyen de sortir de ce guêpier sans mettre en péril le bonheur de Sophia. S'il fallait rester pour un temps l'épouse d'un prince, elle au moins, saurait faire front.

La seule chose à faire pour le moment était d'attendre que la tempête passe.

Elle se renversa sur le matelas et fixa le plafond qui était orné d'une fresque composée d'anges flottant au-dessus des montagnes et d'un grand lac alpin. Somptueux, comme à peu près tout dans ce palais. Et si différent de chez elle…

Épuisée jusqu'au plus profond de son être, elle retira enfin sa robe d'emprunt inconfortable, se glissa sous les couvertures soyeuses et sombra aussitôt dans le sommeil.

Elle s'éveilla dans un sursaut en sentant une présence dans la chambre. Plusieurs, même. Des inconnues allaient et venaient dans la lumière entrant à flots par les baies vitrées, derrière lesquelles le *lago di Cornio* étincelait sous le soleil.

— Son Altesse est-elle prête pour le petit déjeuner ? demanda l'une d'elles en se tenant à distance respectable du lit. Aurora, va chercher la robe de chambre.

Ilaria qui avait remonté le drap jusqu'à son cou sentit son estomac gronder. Elle n'avait rien avalé depuis le train.

La prénommée Aurora alla ouvrir une grande armoire. Ilaria resta bouche bée devant la quantité de vêtements suspendus à l'intérieur. Puis elle se souvint de la remarque de Frediano sur les carpes hameçonnées et referma aussitôt la bouche.

— Je suis Noemi, votre assistante personnelle. Si vous avez

besoin de quoi que ce soit, il vous suffit de me le demander. Aujourd'hui nous avons un programme très serré.

On lui tendit une robe de chambre. Tout comme les draps, l'étoffe était une des plus douces qu'elle ait jamais touchées.

— Le prince vous a fait préparer un petit déjeuner dans le salon, dit Noemi avec un geste vers la porte.

Le message était clair. Elle devait se lever tout de suite pour se conformer à l'ordre du jour.

— Je... je dois passer quelques coups de fil, bredouilla Ilaria. Joindre certaines personnes.

Noemi hésita une fraction de seconde. Une lueur fugitive traversa son regard si rapidement qu'Ilaria ne put l'interpréter.

— Bien sûr, répondit-elle enfin. Si vous voulez bien vous installer au salon ? Je me charge de... vous procurer un téléphone.

Ilaria aurait préféré mettre la main sur un téléphone tout de suite, mais hausser le ton n'était pas son genre, être servie encore moins.

— Vous pourriez peut-être simplement m'indiquer où j'en trouverai un, puis...

— Venez, l'interrompit Noemi d'une voix douce. Vous devez prendre des forces pour la journée qui vous attend.

De guerre lasse, Ilaria quitta le lit aussi gracieusement que possible et suivit son assistante vers le salon attenant, où deux fauteuils confortables étaient disposés autour d'une table basse chargée de plateaux débordant de victuailles. De quoi nourrir tout son village.

— C'est beaucoup trop, murmura-t-elle. Et bien trop raffiné.

Noemi pouffa.

— Rien n'est trop raffiné pour une princesse le jour de sa présentation royale.

Sa présentation royale...

Il lui fallait ce téléphone. Maintenant. Une fois certaine que Sophia était mariée et en lieu sûr, elle fuirait cet endroit, dut-elle creuser un tunnel ou traverser le *lago di Cornio* à la nage.

— Je ne suis pas sûre de pouvoir avaler quoi que ce soit avant d'avoir pris des nouvelles de mes proches.

— Installez-vous donc à table, et j'irai vous chercher un téléphone. Si vous avez terminé avant mon retour, Chessa ici présente commencera les essayages.

Noemi désigna l'une des deux femmes qui voletaient entre un portant de robes, une petite estrade et un miroir en pied à trois panneaux.

Ilaria aurait aimé batailler, mais elle s'était promis de rester patiente jusqu'à la fin de la tempête. Ravalant ses objections, elle saisit une assiette.

Noemi sourit.

— Je reviens très vite, dit-elle avant de s'éclipser.

La couturière l'observait d'un air pensif. Ilaria, qui n'était pas habituée à recevoir autant d'attention, esquissa un bref sourire et mordit dans un croissant. Il était garni de crème au chocolat et si délicieux, qu'elle craignit de perdre tout appétit pour le reste.

— Elles sont magnifiques, dit-elle avec un geste vers les robes, dans un effort pour engager la conversation. C'est pour quelle occasion ?

Chessa et sa collègue plus jeune, une assistante ou apprentie sans doute, échangèrent un regard.

— Le prince vous a sûrement…

Chessa s'interrompit et se mordit la lèvre.

— L'annonce de votre mariage sera faite aujourd'hui et vous allez paraître devant le peuple de Vantonella pour une présentation officielle. Il vous faut une robe, bien entendu, que nous devons préparer au plus vite.

— Noemi vous aidera à préparer votre discours, précisa obligeamment l'apprentie.

Dans la bouche d'Ilaria le croissant prit un goût de cendres.

— Mon discours ? répéta-t-elle, se sentant pâlir.

— Oh ! Quelques mots tout au plus, un salut de la main… et le baiser, bien entendu.

— Le… le baiser.

— Oui, pour le portrait officiel qui paraîtra dans la presse.

Le regard d'Ilaria fila d'une employée à l'autre. Elle avait la sensation d'entendre une langue étrangère.

Des photos, un discours... Tout cela compliquerait singulièrement sa fuite le moment venu. Sa tête serait connue dans tout le pays. Tout le monde saurait qu'elle avait épousé un prince et pénétré dans le monde contre lequel elle s'était battue toute sa vie.

— À quelle heure, tout cela ? demanda-t-elle, refoulant sa panique.

— 15 heures, Votre Altesse, répondit Chessa. Je me permets d'insister pour que vous terminiez votre petit déjeuner. J'ai besoin de temps pour effectuer des retouches. Le prince me tuera si ce n'est pas fait à temps.

— Le prince ferait mieux de s'occuper de sa propre personne, grommela Ilaria avant d'avoir pu s'en empêcher.

— Le prince s'occupe de tout le monde, Votre Altesse.

Ilaria pinça les lèvres, un peu honteuse. C'était ridicule. Elle avait été ni plus ni moins kidnappée, après tout, et méritait d'exprimer sa colère. Comme elle méritait de trouver un moyen de s'échapper avant ce maudit discours.

Et ce baiser.

Un frisson la parcourut. Un frisson de dégoût sûrement, puisque le prince, si séduisant soit-il, était son geôlier et qu'elle n'avait aucune envie de l'embrasser.

Elle qui n'avait jamais embrassé quiconque, était censée échanger un baiser avec un prince aujourd'hui ? En public, par-dessus le marché ?

Elle repoussa son assiette.

— Commençons, décréta aussitôt Chessa.

La gorge serrée, Ilaria grimpa sur la petite estrade en bois.

Elle refoula sa gêne tandis que l'apprentie lui retirait la robe de chambre puis échangeait des commentaires à voix basse avec la couturière. Ensemble, elles choisirent une robe sur un cintre, qu'elles l'aidèrent à endosser.

Noemi réapparut alors, les mains vides. Son visage se fendit d'un sourire devant l'air effaré d'Ilaria.

— Le téléphone est en chemin, Votre Altesse.

— Ces tons ne conviennent pas du tout à son teint, marmonna Chessa qui étalait les jupons de la robe.

— Le prince a été très clair, c'est ce genre qu'il préfère, répliqua Noemi.

La couturière égrena une série d'objections à voix basse et consacra la demi-heure suivante à tester sur elle plusieurs robes toutes plus belles les unes que les autres. Celles de couleur beige restèrent sur le portant. Chessa semblait plus contrariée à chaque essai dans les tons vifs. Pendant ce temps, le téléphone n'était toujours pas arrivé, et la tension d'Ilaria augmentait de seconde en seconde.

La dernière robe était une merveille rebrodée de perles étincelant comme des joyaux, très moulante, avec un décolleté si profond qu'Ilaria garda les mains sur sa poitrine tandis que la couturière tendait le tissu et piquait des aiguilles autour de la taille.

— C'est celle-ci, décréta Chessa. Les autres sont beaucoup trop classiques.

— Le prince exige du beige, lui renvoya Noemi d'un ton tout aussi ferme.

— Ridicule ! Il voudra que sa princesse brille comme une pierre précieuse. Les hommes ne connaissent rien à la mode. Nous allons préparer la robe de perles.

Ilaria applaudit en son for intérieur. Cette robe ne plairait pas au prince ? Elle était donc parfaite. Restait un petit problème.

— Est-ce qu'elle n'est pas un peu trop...

Ilaria s'interrompit net en sentant trois paires d'yeux se braquer sur elle, comme étonnées de s'apercevoir qu'elle était un être humain doué de parole et non une marionnette.

— Un peu trop décolletée ? acheva-t-elle dans un murmure.

Noemi sourit.

— Vous êtes belle dans toutes les robes. Néanmoins le prince...

Elle n'avait pas terminé sa phrase que la porte du salon s'ouvrit à la volée. Les princes, visiblement, ne prenaient pas la peine de frapper ou d'attendre une permission pour quoi que ce soit. Frediano ouvrit la bouche, la referma. Ilaria sentit son regard voyager sur elle telle une flamme léchant sa peau glacée. Il l'avait regardée la veille au soir avec cette même voracité. Comme si elle, Ilaria, pouvait paraître séduisante aux yeux d'un prince...

Ce qu'elle ne souhaitait nullement, même si son corps ne semblait pas de cet avis.

Comme la veille, la chaleur quitta subitement les yeux du prince. Elle aurait dû s'en réjouir, mais... Elle se surprit au contraire à aspirer à des choses qu'elle ne comprenait pas tout à fait.

— Ce n'est pas la robe prévue, dit-il.

— En effet, Votre Altesse, mais elle lui va bien mieux, déclara Chessa avec aplomb.

Le prince considéra la couturière avec un mépris si glacial qu'Ilaria se sentit presque humiliée à sa place.

— Je n'ai pas demandé une robe qui lui aille. J'ai demandé une robe précise.

Ignorant la couturière, il se tourna alors vers Noemi.

— Je compte sur vous pour rectifier cette erreur sur-le-champ.

— Oui, Votre Altesse.

Noemi esquissa une révérence et disparut sur-le-champ avec la couturière et l'apprentie, la robe beige sous le bras, abandonnant Ilaria dans son habit de perles au décolleté extravagant.

— J'ai demandé un téléphone, dit-elle. J'ai quelques appels à passer.

Frediano balaya des yeux la pièce sans répondre. Deux aides étaient en train de débarrasser les plateaux du petit déjeuner.

— Laissez-nous, ordonna-t-il en agitant la main.

Les serviteurs s'évanouirent dans la nature comme s'ils n'avaient jamais existé.

Frediano sortit alors un téléphone portable de sa poche et le lui tendit en souriant.

Ilaria leva une main tremblante vers l'appareil, mais avant qu'elle puisse s'en saisir, Frediano poursuivit :

— Vous voudrez sûrement parler à Sophia, mais ne vous donnez pas cette peine, je m'en suis chargé ce matin.

Ilaria inspira vivement et retira son bras.

— Curieusement, elle n'a pas réussi à traverser la frontière avec son marinier cette nuit, ajouta-t-il en secouant la tête, l'air navré. Elle et Tino ont été, disons, gentiment retenus.

Ilaria aurait aimé accueillir cette information aussi calmement qu'elle lui avait été livrée, mais elle lui arriva comme un coup de poignard, et la douleur la transperça.

Le message était limpide. C'était une menace. Ou plutôt un chantage.

— Cela dit, reprit Frediano, en ma qualité de prince je pourrais les laisser partir, bien entendu, et vivre la vie qui leur chante de l'autre côté de la frontière...

— Vous pourriez, en effet, murmura Ilaria. Pourquoi vous embarrasser d'une épouse si c'est une prisonnière que vous vouliez ?

— Vous n'êtes pas prisonnière, dit Frediano en haussant les épaules.

— Vous me faites chanter !

— Non, *tesoro.* Un choix vous est offert. Vous n'aimez pas choisir, voilà tout.

Le prince jouait sur les mots, il ne servait donc à rien d'argumenter. En outre il n'avait pas tort, deux options étaient possibles.

Souffrir ou faire souffrir sa cousine.

Combler l'oncle Giovanni en livrant Sophia au prince, ou bien perdre le peu qui lui restait dans la vie et qui comptait plus que tout pour elle.

Le piège se refermait sur elle, tissé de robes, de discours et de baisers pour un portrait royal.

Ils se mesurèrent du regard en silence. Le petit sourire satisfait de Frediano lui donnait des envies de le gifler. Mais à quoi bon ? Elle finirait au fond d'un donjon, les fers aux pieds, ou quelque chose de tout aussi archaïque, et Sophia n'échapperait pas à son père. L'oncle Giovanni aurait gagné sur toute la ligne.

Non, cela ne pouvait pas se produire.

— Dans ma grande générosité, reprit Frediano, je suis prêt à vous offrir un cadeau.

Ilaria esquissa une moue de mépris.

— J'ai du mal à le croire.

— Vous devriez, princesse. Un bref aperçu de votre vie m'a suffi pour comprendre que le chemin de votre cœur ne passait pas par les bijoux, fourrures et autres châteaux...

— Les cœurs n'ont rien à faire dans cette histoire !

— C'est vrai. Le mien, du moins. Le vôtre un peu tout de même, à en croire vos voisins.

Ilaria déglutit.

— Mes... voisins ?

— Ils ont raconté à mes hommes bien des choses à votre sujet. Toutes à votre honneur, bien sûr. C'est excellent pour une future reine. Mais ils ont surtout insisté sur votre dévotion envers votre orphelinat secret et potentiellement illégal.

La vision d'Ilaria se troubla. Allait-il menacer sa maison et tous ces êtres sous sa responsabilité qui avaient déjà tant perdu ?

— Ce n'est pas un orphelinat, dit-elle en s'efforçant de rester calme.

— Une maison de travailleurs ? suggéra Frediano, feignant une innocence qui lui était sûrement étrangère depuis sa naissance.

— C'est une maison tout court, rectifia Ilaria en crispant les doigts sur son décolleté.

— Il y a quatre mineurs qui vivent sur cette propriété. Sans représentant légal, si je ne m'abuse.

— Je savais que votre grand-père était un imbécile sans conscience, mais vous... Vous n'avez pas d'âme !

Ces paroles effacèrent d'un coup le petit air fat de Frediano.

— Ne vous avisez plus jamais d'insulter mon grand-père votre roi !

Le ton glacial sur lequel il s'était adressé à la couturière était de retour. Il se rapprocha d'elle.

— Tout n'est pas menace, reprit-il un ton plus bas. J'ai parlé d'un cadeau. Une assurance, si vous préférez. Je ne fermerai pas votre petite organisation. Au contraire, je vais même lui conférer une certaine légitimité.

— Je n'ai pas besoin de...

— Une fois notre mariage officiellement annoncé cet après-midi, un fonds sera créé pour financer non seulement votre exploitation, mais aussi l'extension de votre ferme à Accogliente. Pour chaque année où vous ne provoquerez pas de scandale dans notre mariage, une somme plus importante sera placée dans ce fonds. Lorsque vous m'aurez donné un héritier, le fonds sera transféré à votre nom et au sien et passera intégralement sous votre contrôle. Vous pourrez aider votre village, vos orphelins et qui vous voudrez, de la façon qu'il vous plaira.

Ilaria tremblait maintenant. Cela ressemblait fort à un pacte avec le diable. Cet enjeu correspondait tellement à ses aspirations… et la lierait au prince pour toujours.

— Comment avez-vous su ? bredouilla-t-elle.

— Mes hommes sont très minutieux, Ilaria, et vos petits orphelins très communicatifs lorsqu'on leur pose les bonnes questions. Entre nous, vous devriez leur apprendre à se méfier des inconnus.

À ces mots, un vent de colère se leva en elle. Frediano utilisait contre elle tout ce qui lui était cher, avec une facilité déconcertante. Voilà le vrai visage de la royauté, songea-t-elle. Cruelle, égoïste, motivée par des caprices incompréhensibles.

— Je vous hais ! s'écria-t-elle.

— Alors que je vous fais une offre aussi généreuse ? Allons… Ce n'est pas très logique.

Généreuse peut-être, mais tout sauf désintéressée. Au mieux, c'était un dédommagement. Au pire, un degré supplémentaire de chantage.

Mais tant de personnes en profiteraient. Il y avait là de quoi aider le village, les aider tous, là-bas… sauf elle.

Elle ferma les yeux pour conjurer une vague de chagrin.

— Vous devriez plutôt me remercier, ajouta-t-il.

Ilaria rouvrit les yeux, croisa le regard froid de son mari et formula en secret le vœu de trouver, un jour ou l'autre, un moyen de se venger de lui. Alors il regretterait amèrement de lui avoir dit oui dans cette cathédrale.

Mais les yeux noirs se posèrent de nouveau sur sa robe, la clouant sur place, et toute idée de vengeance la quitta.

— Baissez vos mains, ordonna-t-il.

Les joues cramoisies, Ilaria secoua la tête en silence.

— J'ai bien peur de devoir insister.

— Vous n'avez peur de rien du tout !

— Vous préférez peut-être que je les abaisse moi-même ? dit-il d'une voix douce comme si c'était une promesse, et non une menace de plus.

Les mains d'Ilaria retombèrent mollement. La faute à cette voix. Grave, toxique, son écho résonnait en elle jusqu'à ce qu'elle perde pied alors qu'elle ne pouvait pas se le permettre.

— Vous êtes étonnamment belle, princesse.

Ilaria resta tétanisée. Elle ne s'était jamais vue comme une belle femme. Son apparence lui importait si peu. L'important pour elle, c'était d'agir. Pour son grand-père. Pour sa ferme et les enfants. Pour Sophia...

Frediano la regardait droit dans les yeux, mais elle avait la sensation très nette que ce regard s'appropriait chaque fois tout son corps. Et plus son cœur battait la chamade, moins elle avait envie de se couvrir, tout compte fait. Son être tout entier semblait en proie à des vibrations aussi agréables qu'excitantes, et déterminé à trahir ses moindres convictions.

— À présent que nous avons réussi à choisir la tenue appropriée que vous porterez tout à l'heure, reprit le prince, passons en revue le discours et les actes que l'on attend de vous.

— Les actes, répéta Ilaria.

— Je vais vous présenter à notre peuple, princesse. Vous lirez à voix haute le bref discours rédigé avec soin par Noemi. Ensuite nous échangerons un baiser.

Comment s'était-il débrouillé pour paraître la toucher en prononçant ce mot ? Elle n'avait jamais reçu de baiser de sa vie. Le temps lui avait manqué pour rechercher ce genre de...

— C'est une tradition ancestrale. Les photographies ont remplacé les portraits à l'huile. Seuls mes parents ont enfreint la règle, et je ne compte pas suivre leur exemple, dans ce domaine comme dans tous les autres.

Tout cela était déjà passablement affolant, mais Frediano et son allure en costume sombre, Frediano et ce regard qui l'enflammait, c'était pire que tout. Une seule idée tournait en boucle dans sa tête : le baiser qui l'attendait.

Embrasser cet homme. Comme si elle était sa femme. Sa princesse. Une future reine. Elle qui ne rêvait que de retrouver le calme des montagnes et sa vie d'avant, si simple, où elle aidait les autres sans rien réclamer pour elle !

Seulement…

Seulement un désir l'habitait à présent. Un désir sur lequel Ilaria n'osait poser un nom, et qui s'intensifiait dès qu'ils étaient seuls ou qu'il la regardait fixement.

À défaut de pouvoir de remonter le temps, elle ne pouvait qu'avancer avec les outils à sa disposition. Cette leçon, apprise au moment du décès de son père, lui avait toujours été utile. Elle avait fait d'elle une femme puissante, de taille à relever les défis que la vie jetait en travers de son chemin.

Si elle se soumettait aux caprices du prince, Sophie serait sauvée et ses protégés en sécurité. Peut-être même dans un confort supérieur. Et s'il fallait laisser des plumes au passage… Qu'à cela ne tienne ! Elle se débrouillerait pour faire de ce terrible coup du sort quelque chose de positif.

Laisser passer la tempête. Quoi qu'il en coûte.

Frediano put presque la voir réfléchir, se reprendre et se préparer pour les défis à venir. Admirable… Il lui faudrait néanmoins bien plus qu'un visage impassible pour survivre à son entrée dans la famille royale.

De fait, elle allait devenir une Montellero. Il avait trouvé le levier parfait pour la garder sous sa coupe. Il avait été surpris en découvrant l'existence de sa petite ferme d'orphelins. Ce qu'elle avait créé à partir de rien ou presque forçait l'admiration, il fallait l'admettre. Tout comme l'affection que lui portaient les habitants de son village, à en croire les rapports qu'on lui avait transmis. Son royaume à elle était minuscule, mais loyal, et il pouvait apprécier cela à sa juste valeur dans l'absolu.

Mais dans la réalité, la réaction d'Ilaria en sa présence était assez parlante. Autant ses méthodes pour asseoir son pouvoir l'horrifiaient, autant les étincelles qui pétillaient entre eux l'attiraient.

Il n'était pas assez bête pour jouer avec le feu, mais avec de petites étincelles, ma foi... Le risque était minime.

— Quelle partie vous donne du souci à ce point, princesse ? demanda-t-il en se rapprochant d'elle. Le discours... ou le baiser ?

Elle pinça les lèvres. Frediano fut tenté de sourire, amusé plutôt que contrarié par sa résistance.

— Je n'ai pas de soucis, Votre Altesse, dit-elle. Si vous me parliez plutôt des vôtres ?

Il se mit à rire. Si seulement sa vie lui permettait de se pencher sur ce genre de défi... Mais une seule chose importait, modeler Ilaria jusqu'à faire d'elle la princesse parfaite qui convaincrait son grand-père d'abdiquer et de se concentrer sur sa santé.

Ilaria fronça les sourcils. Il glissa un doigt sous son menton pour qu'elle le regarde droit dans les yeux.

— Nous sommes adversaires, *tesoro*. Me confier à vous ? Jamais ! Ceci est un mariage, et c'est aussi une bataille que je compte bien remporter.

Rien ni personne ne viendrait menacer la santé de son grand-père. Rien, et surtout pas ses propres envies. Il les maîtriserait comme il maîtrisait tout, depuis fort longtemps.

Ilaria inspira profondément, ce qui attira le regard de Frediano vers l'échancrure de la robe sur sa gorge.

Oui, elle était très belle, et mieux valait que personne ne s'en aperçoive. D'où la robe beige et l'article de presse d'une platitude exemplaire. Nul ne devait soupçonner à quel point elle était piquante, dans le fond, et faire ainsi le lien entre elle et feu sa mère. Le roi Carlo devait la croire totalement différente.

— Il serait juste de s'accorder sur un compromis, vous ne pensez pas ? dit-elle avec un nouveau sourire qui n'atteignit pas ses yeux. D'accord pour un bref discours, mais un baiser n'aurait aucun sens puisqu'il n'y a aucun sentiment entre nous et qu'il n'y en aura jamais.

Frediano laissa voyager le pouce sur sa joue presque sans y

penser, comme si ses doigts agissaient de leur propre volonté. Sa peau était si douce...

— Ce n'est pas négociable. La tradition l'exige. Ne me dites pas que vous avez peur ?

Le menton se redressa sous ses doigts. Il sourit.

— Votre souci réel, Ilaria, serait-il que vous n'avez jamais embrassé quiconque, encore moins en public, terrée dans votre petit village à vous occuper des enfants des autres ?

À la façon dont elle retint son souffle, Frediano comprit qu'il avait vu juste.

— Craindriez-vous de commettre un impair ? De vous évanouir devant tout le monde peut-être, sous les lèvres d'un prince ? Tss... Vous voilà encore la bouche béante. Je vous avais pourtant mise en garde.

Les yeux verts virèrent au gris tempête. Fascinant. Elle était peut-être une sorte de sorcière des montagnes.

Cependant elle restait muette. Normal, il lui avait donné deux solides raisons de se contenir.

— Peut-être craignez-vous de tressaillir à mon contact, comme hier, murmura-t-il.

Le souvenir du plaisir tout simple de caresser son poignet soyeux l'avait tenu en éveil une bonne partie de la nuit.

Son corps se tendit tandis que refaisaient inopinément surface les rêves qu'il avait faits ensuite. La posséder toute, dans sa chambre, sur ce lit extravagant.

Tu ne pourras que te brûler en jouant avec le feu, l'avait souvent prévenu son grand-père à l'adolescence.

Le contrôle était son armure, le cœur de son être, sa ligne de survie. Dans cette bataille il s'en servirait pour gagner encore.

— Toutes ces craintes me sont étrangères, Votre Altesse, déclara enfin Ilaria.

Dans sa bouche ce titre honorifique sonnait comme une insulte.

Décidément Ilaria Russo se révélait impressionnante de bout en bout. Cette façon d'étinceler comme la mer dans cette robe pailletée qui rendait justice à ses formes bien plus que le vêtement d'emprunt de la veille. Malgré lui, il imagina ses mains agrippant ces hanches rondes. Ou ses mains à elle, si rêches, se posant sur lui...

Elle incarnait une tentation, mais Frediano se remémora qu'il aimait mettre son sang-froid à l'épreuve, encore et encore, et recula d'un pas.

— Pour vous, princesse, dit-il en déposant le téléphone sur la table basse. Appelez qui vous voudrez. À l'issue de la présentation officielle cet après-midi, je demanderai à mes hommes de libérer votre cousine. Si vous avez besoin de quoi que ce soit, adressez-vous à Noemi.

Là-dessus il sourit et s'inclina pour prendre congé, avec la juste dose de courtoisie princière pour qu'Ilaria se renfrogne aussitôt.

[illegible] les Musulmans à [illegible]
[illegible]

[illegible]

[illegible]

[illegible]

[illegible]

[illegible]

[illegible]

[illegible]

[illegible]

4

Après avoir été mesurée, manipulée, déplacée dans tous les sens comme un de ses moutons, Ilaria avait la sensation d'être non plus une femme dotée de pensée mais un animal. Et elle ne pouvait rien y faire tant que le prince retenait sa cousine captive.

Bientôt 15 heures et les petites mains s'activaient encore fébrilement pour la préparer.

La robe beige élue par le prince ne pouvait être plus différente de celle rebrodée de perles essayée le matin. Élégante et hors de prix certainement, mais terne. Ses cheveux avaient été coiffés avec la plus grande simplicité et les taches de rousseur effacées de son visage.

Les yeux sur son reflet dans le miroir, Ilaria ne sut que penser. Personne ne s'intéresserait à elle ainsi apprêtée, hormis, à la rigueur, pour douter du choix du prince… C'était parfait en un sens, puisqu'elle ne souhaitait pas attirer l'attention, mais une partie d'elle-même se demandait pourquoi elle ne pouvait tout au moins avoir l'allure glamour d'une princesse, même si elle ne voulait pas du titre.

— Vous êtes sûre de vous ? demanda une maquilleuse à Noemi.

Ilaria croisa le regard de Noemi dans la glace. L'air perplexe de son assistante fit aussitôt place à un sourire rassurant.

— C'est exactement ce qu'a demandé le prince.

— Entre nous, marmonna Ilaria, le prince ne devrait pas toujours obtenir ce qu'il demande.

La jeune femme occupée à redresser le col de sa robe beige pouffa.

Noemi rassembla alors son équipe pour distribuer ses consignes. Ilaria, désœuvrée, resta seule, assise face au miroir. Cela lui rappela les jours funestes qui avaient suivi la mort de son père, son désarroi face aux événements qui s'enchaînaient à toute vitesse.

Tu t'es ressaisie alors et tu t'en es sortie.

Elle avait appelé quatre fois Sophia avec le portable fourni par Frediano et laissé autant de messages, en pure perte. Elle guettait depuis un appel en retour de sa cousine, dans lequel elle puiserait l'énergie de faire front et de retrouver la foi...

— Y a-t-il quoi que ce soit que je puisse faire pour vous aider à vous sentir prête ? demanda Noemi.

Ilaria leva les yeux vers son assistante.

— Vous avez été merveilleuse, dit-elle avec un sourire un peu forcé. Merci.

— Je n'ai fait que mon devoir. Vous aimeriez peut-être répéter votre discours ? suggéra Noemi, les yeux sur le bout de papier auquel Ilaria n'avait pas touché depuis qu'il lui avait été remis.

Ilaria déplia le papier d'une main tremblante.

> Bonjour à vous, citoyens de Vantonella. Je suis si heureuse d'être ici aujourd'hui. Merci de m'accueillir aussi chaleureusement dans la famille Montellero.

Elle ferma les yeux, résistant à l'envie de froisser le papier dans son poing. Elle n'était pas une Montellero. Elle était une Russo. Son père et son grand-père étaient fiers de leur nom de famille, et Ilaria n'avait jamais songé à en changer. Le mariage lui semblait un luxe réservé à d'autres qui avaient moins de responsabilités et plus de loisirs...

Mais cette union avec le prince n'en était pas vraiment une. C'était une mission de sauvetage. Son père lui avait toujours recommandé de veiller sur Sophia car, si sa cousine possédait tout ce qui lui faisait défaut, le foyer des Avida manquait singulièrement d'amour et de chaleur. Sa mère aussi serait fière de ses efforts pour protéger Sophia, consolider leurs liens.

Ilaria inspira profondément pour conjurer son chagrin. Cette souffrance n'était pas nouvelle, c'était un deuil ancien qui ne s'apaiserait jamais tout à fait.

— Il est temps de rejoindre le prince, Votre Altesse.

— Si vous m'indiquiez la sortie la plus proche, vous lâcheriez les gardes à mes trousses avant même que je me mette à courir, je suppose ?

Les yeux de Noemi s'arrondirent de stupeur.

— Ce ne sera pas nécessaire, j'en suis sûre...

Ilaria ne put s'empêcher de rire.

— Désolée, je plaisantais, dit-elle en touchant le bras de son assistante.

— Bien sûr, dit Noemi avec un sourire pincé. Suivez-moi.

Pour apaiser son trac et s'occuper l'esprit, tout en se laissant guider à travers le labyrinthe de couloirs du palais Ilaria commença à dresser mentalement une liste de choses à faire. D'abord, se procurer un plan des lieux à mémoriser...

Elle se retrouva bientôt dans l'immense salle dont elle admirait la veille les fenêtres chatoyantes et surtout le plafond si impressionnant construit des siècles plus tôt. Au-delà de toutes les raisons qui l'incitaient à fuir ce lieu, cette pièce la sidérait – tout comme, à son corps défendant, l'homme qui se tenait en son centre. Elle le détestait de toute son âme... mais il était si beau.

Près de lui se tenait un autre homme qu'elle aurait reconnu comme son parent, même à cette distance, et quand bien même il n'aurait pas été le roi de son pays. Même carrure puissante, mêmes cheveux sombres, tachetés de gris chez le roi, même bouche sérieuse qui pouvait facilement être qualifiée de cruelle.

Ils la regardèrent approcher, figés dans la même pose raide, mains jointes dans le dos. Ilaria jeta un bref regard derrière elle. Noemi s'était évaporée comme le personnel ici semblait habitué à le faire, l'abandonnant à son sort. Elle n'eut pas d'autre choix que de faire comme si tout ceci était normal et de continuer à s'avancer vers le roi et le prince.

Frediano inclina la tête à son approche.

— Grand-père, j'aimerais vous présenter à mon épouse. Ilaria, voici mon grand-père, votre roi.

Il n'est pas mon roi.

Même une fille de la campagne comme elle savait qu'une révérence s'imposait devant le roi en témoignage de respect. Ses genoux néanmoins refusèrent de plier. Elle se tint droite, muette et immobile, se retenant de cracher sur les chaussures du roi. Pour son père. Pour Accogliente et Estraz.

— Ilaria, dit Frediano.

Elle ignora l'avertissement. Cet homme avait récompensé l'oncle Giovanni pour avoir donné la priorité à son portefeuille sur les travailleurs du village. Il avait pratiquement condamné son père à la mort.

— Elle est timide, grand-père, et le protocole ne lui est pas encore familier. Je m'assurerai qu'elle reçoive la formation nécessaire.

— Bien, commenta le roi Carlo en hochant la tête.

Sa voix était aussi grave que celle de son petit-fils et légèrement rocailleuse. Mais Ilaria retint tout autre chose. Frediano s'adressait à lui avec la déférence requise par son titre, mais aussi, plus étonnant, avec une certaine chaleur dans le regard.

— Avez-vous une langue, jeune fille ? demanda le roi d'un ton uni, sans montrer le moindre signe de colère ou d'impatience.

— Oui, Votre Majesté. Et comme j'ai vingt-quatre ans, je ne suis plus une jeune fille. C'est heureux pour votre petit-fils. Une femme enfant ne servirait guère l'image que vous tentez de préserver.

Si Frediano se targuait de déchiffrer vite et bien l'attitude de ses interlocuteurs, son grand-père, passé maître dans l'art de contenir ses émotions, représentait un vrai défi pour lui ces derniers temps.

Il espérait atteindre un jour le même détachement, mais ses réactions parfois débordaient du masque qu'il s'imposait. Un héritage maternel sans doute. Il parvint toutefois à ne pas s'insurger contre l'attitude ahurissante d'Ilaria devant le roi. Il lui prit le bras à la place et suivit son grand-père vers le fond de la salle à distance respectueuse, afin d'échanger discrètement quelques mots avec elle.

— Vous êtes rayonnante cet après-midi, chuchota-t-il en souriant.

— Épargnez-moi les flatteries hypocrites, Votre Altesse. Ma cousine n'a pas répondu à mes appels.

— Je vous assure que je n'y suis pour rien. Peut-être se sent-elle gênée ou coupable ?

Ilaria se rembrunit.

— Il faut la relâcher.

— Ce sera fait juste après votre présentation officielle. Vous avez ma parole.

— Votre parole n'a aucune valeur à mes yeux.

Frediano sentit sa colère revenir en force. Conserver une expression neutre lui coûta. Ils s'acheminèrent côte à côte jusqu'aux portes-fenêtres donnant sur la terrasse, flanquées de part et d'autre par des gardes prêts à les ouvrir à l'heure dite.

Le roi Carlo s'arrêta et tourna ses yeux noirs vers Ilaria.

— On vous aura informée de ce qui est attendu de vous aujourd'hui, j'espère ? demanda-t-il.

— Oui.

Un silence suivit.

Le prince s'accorda un temps pour être sûr que sa voix reste mesurée.

— En s'adressant au roi, Ilaria, il est d'usage de recourir à « monsieur » ou « Votre Majesté ». Et de faire la révérence en arrivant et en repartant.

Ilaria garda le silence, les yeux rivés sur les portes-fenêtres.

— Elle aura besoin de cette formation très rapidement, murmura le roi Carlo.

Tiraillé entre rage et frustration, Frediano se contraignit à sourire.

— Oui, grand-père. Je suis tout à fait d'accord. Inutile toutefois de s'inquiéter pour cet après-midi, Noemi l'a préparée avec soin. N'est-ce pas, Ilaria ?

Les yeux verts se plantèrent dans les siens.

— Bien sûr, monsieur.

Frediano détourna la tête vers la poignée d'or étincelante de la porte-fenêtre richement sculptée. Elle cherchait la provocation. C'était malvenu, mais pas impossible à surmonter. Rien n'était impossible.

— Tout le monde est prêt, Votre Majesté, annonça un des gardes en s'inclinant devant le roi Carlo.

Le roi leva une main.

— Poursuivons.

Les gardes ouvrirent un battant.

Le roi Carlo s'avança le premier sur la terrasse dominant la grande cour du palais. Comme prévu, des centaines de citoyens de Roletto se tenaient au-dessous, impatients d'entendre leur roi et de découvrir la nouvelle princesse dont l'existence avait été révélée ce matin.

Frediano suivit, le bras d'Ilaria sous le sien. Les premiers pas furent faciles mais, à mesure qu'ils émergeaient dans la lumière du soleil, la foule apparut, et Ilaria se raidit. Elle tenta de se dégager, esquissa même un pas en arrière. Frediano resserra son étreinte.

— Il n'y a plus de retour en arrière possible, princesse, dit-il à son oreille, assez bas pour ne pas se faire entendre de son grand-père penché sur le micro pour haranguer la foule.

Ilaria haletait. Frediano baissa les yeux et la vit jeter des regards affolés vers la foule. Elle était terrifiée.

À son corps défendant, le souvenir lui revint de sa propre première fois. Après la mort de ses parents son grand-père avait acheté en secret un chalet isolé dans la montagne et l'avait emmené là-bas trois mois durant, le temps de le préparer à son nouveau rôle loin des regards.

À la fin des fins il avait bien fallu affronter son avenir. Il n'avait pas tout à fait neuf ans lorsqu'il avait été propulsé sur cette même scène. Ces milliers de regards braqués sur lui l'avaient glacé d'effroi. Il n'avait pas oublié l'effet que cela faisait de sortir sur cette terrasse et de devenir soudain la cible de la curiosité de toute la capitale. Mais lui, quand bien même il n'avait jamais rencontré son grand-père avant le décès de ses parents, se savait déjà de sang royal. Il était habitué aux paparazzis, à un certain degré d'attention. On lui avait accordé trois mois pour revenir quasiment d'entre les morts.

Ilaria, elle, avançait en aveugle et devait se sentir complètement dépassée par les événements. Elle venait de nulle part. Un petit village de montagne moins peuplé que la cour d'honneur aujourd'hui. Elle n'avait plus de famille, hormis un oncle par alliance qui d'après les rapports, se tenait à l'écart des Russo.

Il se remémora alors les paroles chuchotées par son grand-père ce jour-là, tant d'années plus tôt, qui lui avaient permis de tenir le cap.

— Respirez lentement, *tesoro*, dit-il tout bas. S'évanouir ne servira à rien. Inspirez... Comptez jusqu'à trois... Expirez... Un, deux, trois.

Il fut tout surpris qu'elle l'écoute et s'applique à respirer, alors que la peur se lisait dans les tressaillements de son corps. Elle semblait un gladiateur terrifié sur le point d'être lâché dans un colisée rempli de lions. Pourtant elle n'essaya plus de se dérober.

Elle était courageuse, cette femme épousée par erreur. Solide face à l'inconnu, refusant de céder à la panique. Un sentiment étrange s'insinua en Frediano, qui ressemblait presque à de la fierté.

Lorsque son grand-père se retourna et lui adressa le signal convenu, à sa propre stupeur il hésita. Lâcher le bras d'Ilaria comme il était censé le faire lui semblait une trahison, alors que la seule trahison serait de ne pas accomplir son devoir.

À cet instant, pour la première fois de sa vie, Frediano dévia de la tradition, laquelle exigeait qu'il s'approche seul du micro avant de faire venir son épouse près de lui. Il n'eut simplement pas le cœur de se détacher d'Ilaria agrippée à son bras comme à une ancre.

Aussi l'entraîna-t-il avec lui en s'avançant vers la foule.

5

Cela fonctionnait, plus ou moins. Inspirer... Un, deux, trois...

La foule était toujours immense, compacte, écrasante, mais Ilaria, concentrée sur son souffle, n'éprouvait plus le besoin de fuir. Elle s'accrocha à Frediano tandis qu'il parlait mais n'entendit pas un mot. Sans qu'elle ne sache comment ni pourquoi, le prince était devenu son ancre dans cet océan de peur. D'habitude elle ne pouvait compter que sur elle-même, son sens de la justice, une cause à défendre...

Ta cause, c'est Sophia. Tu sors victorieuse de cette épreuve et elle vit sa vie. Ta cause, c'est ta ferme et tout ce que tu pourras faire pour ceux qui y vivent avec l'argent qu'il t'a promis.

Elle sentit Frediano qui l'attirait en douceur vers le micro. Alors seulement, sa voix lui parvint distinctement.

— Je compte sur vous pour réserver un accueil chaleureux à votre nouvelle princesse, mon épouse, Ilaria Montellero.

« *Mon épouse. Ilaria Montellero.* »

La peur revint, redoubla, tripla. Ilaria pensa à Sophia libre d'épouser son marinier. Elle pensa à la tête de son oncle, présent ici quelque part, furieux qu'elle ait pris la place de Sophia. Le titre de noblesse allait lui échapper. C'était une belle revanche. Si tout le reste était terrible, et cela l'était, ô combien ! Cela du moins, valait la peine.

Elle était censée tenir son papier de sorte que personne ne puisse voir qu'elle lisait un texte, mais le bras que tenait Frediano aurait dû servir à cela et... Impossible de lâcher le prince.

Inexplicablement, elle savait qu'elle n'aurait pas le courage de parler sans sa main pour l'équilibrer.

Sa tête bourdonnait. Elle songea au peu qu'elle avait lu. Puis à ce qu'elle aimerait entendre si elle était à leur place, là, parmi la foule. Citoyenne de Vantonella. Citoyenne de ce pays, de ce royaume...

Elle balaya la mer de visages devant elle. Trop écrasant. Alors, elle fixa son regard sur le majestueux Monte Morte dans le lointain. Son sommet était couronné de neige, les pentes n'étaient que nuances de gris et angles abrupts étincelant sous un ciel si bleu qu'elle battit des cils.

— Bonjour, dit-elle dans le micro.

Non, cela n'allait pas. Que disait son texte, déjà ?

— Bonjour à vous tous, citoyens de Vantonella.

Sa voix tremblait, elle devait la maîtriser. Elle était douée pour feindre la bravoure qui lui manquait.

— Je suis...

« Heureuse » ? Pas du tout. En se prétendant heureuse elle risquait le fou rire nerveux.

— Je suis honorée d'être ici aujourd'hui.

Ce n'était pas non plus le mot juste, mais au moins elle garda son sérieux.

Suspendue au bras solide et chaud du prince, elle se remémora que sa qualité de princesse lui conférait un certain pouvoir. Il y avait sûrement quelque chose à faire pour que ces gens devant elle se sentent... importants. Écoutés.

Les yeux rivés sur le Monte Morte, elle se lança, d'une voix plus ferme :

— J'espère pouvoir offrir une nouvelle voix à la monarchie. Une voix en phase avec ceux d'entre vous qui travaillent dur pour vivre. Qui ont traversé de lourdes épreuves. J'espère pouvoir parler en votre nom à tous, à ma manière, et vous offrir un relais ici, parmi ceux qui sont trop loin de vous pour comprendre.

Elle jeta un regard furtif vers Frediano et le roi Carlo. Impassibles, l'un comme l'autre. Ce stoïcisme forçait l'admiration.

— Moi, je vous comprends. Je vous comprendrai toujours. Merci.

Là-dessus, elle recula d'un pas et Frediano, le visage figé, lui lâcha le bras.

Ilaria se sentit aussitôt très seule, mais cela ne dura pas puisqu'il posa ensuite les mains sur ses épaules pour l'attirer vers lui. Elle se souvint brusquement de la suite du scénario qu'elle avait espéré éviter.

Le baiser...

Il s'inclina, et elle sentit son souffle sur elle. Sa chaleur dans les mains posées sur ses épaules, dans son regard sombre, partout. Hypnotisée par ces yeux noirs insondables, elle oublia la foule, le roi.

Elle ne voulait pas l'embrasser. Elle se répéta désespérément qu'elle n'en avait pas envie... Son corps, lui, semblait d'un autre avis.

Car elle ne fit rien pour empêcher l'inévitable, rien pour esquiver le doigt qui caressa le col de la robe, faisant picoter sa peau et vibrer son corps tout entier, si fort qu'elle ne pensa bientôt plus à rien d'autre.

Leurs lèvres se touchèrent. Exactement comme dans la voiture la veille, Ilaria tressaillit. Incroyable. Sa peau semblait chargée d'une électricité prête à jaillir dès qu'ils entraient en contact.

Elle ne comprenait pas, ne voulait pas comprendre. Cela n'empêchait pas le phénomène. La bouche du prince effleurant la sienne levait une onde de lumière et de chaleur au plus profond d'elle-même. Elle n'avait qu'une envie, s'abandonner dans ses bras et découvrir le reste.

Mais les mains du prince se crispèrent soudain sur ses épaules. Il abaissa sur elle un regard froid et dur.

— J'espère que vous êtes contente, princesse, chuchota-t-il. Vous avez tout gâché.

Il y eut une clameur, une salve d'applaudissements interminable, le salut du roi à la foule, puis ils battirent en retraite dans le palais.

Frediano se concentra sur ses pas. Franchir le seuil. Revenir dans la salle. Affronter le roi Carlo, dont le visage impassible avait blêmi. Impossible de lui demander s'il se sentait bien devant tout ce monde, mais Frediano, inquiet, se promit d'alerter son médecin dès que possible.

— Frediano, nous discuterons de cela dans mon bureau. Petite, j'espère que vous serez davantage disposée à respecter le protocole lors du dîner de noces royal.

— Le dîner de noces ? répéta Ilaria d'une voix blanche. Mais nous sommes déjà mariés...

Le roi Carlo soupira.

— Frediano.

— Elle sera fin prête pour le dîner, monsieur. N'ayez crainte, elle sera parfaite.

Le roi considéra Ilaria d'un air dubitatif, adressa un signe de tête à son aide qui ne le quittait pas d'une semelle, puis tourna les talons et s'éloigna.

Frediano resta un moment immobile, en proie à un tumulte d'émotions. La fureur, d'abord. Fureur qu'elle ait osé dire ce qui lui plaisait, créant une histoire qui ferait les délices de la presse, sans aucun doute. Une voix du peuple ! Une princesse prête à se battre pour les gens ordinaires ! Exactement ce qu'il avait voulu éviter en élisant une jeune femme aussi lisse et effacée que Sophia Avida.

À présent son grand-père doutait de la pertinence de son choix. Il hésiterait à se retirer, sa santé en souffrirait... Et il était trop tard pour revenir en arrière. Ilaria était sa femme, elle avait été présentée au peuple de Vantonella. Il ne pouvait pas la rejeter maintenant et aller exiger de Sophia qu'elle l'épouse, ce serait une disgrâce aussi dommageable que les scandales provoqués par ses parents.

Et comme si ce fiasco ne suffisait pas, ce chaste baiser sur la terrasse lui avait donné envie de bien davantage.

Il aurait aimé l'embrasser jusqu'à ce que la passion fasse étinceler ces yeux d'émeraude tout embrumés, il aurait aimé sentir le doux frémissement de ce corps sous ses doigts, sa langue, il aurait aimé tant de choses que son appétit avait failli prendre le pas sur tout le reste.

Voilà des décennies qu'il résistait à ses propres envies. Elles n'entraient pas en ligne de compte face à l'intérêt supérieur de Vantonella et de son grand-père souffrant. Elles n'étaient rien. Son corps n'avait qu'à bien se tenir.

— Laissez-moi vous escorter jusqu'à vos appartements, princesse, dit-il en lui présentant son bras.

Elle le regarda interloquée puis très vite, semblant se rappeler son avertissement, elle referma la bouche, prit son bras et le suivit en silence, plus tendue à chaque pas.

Arrivée dans son salon, elle semblait prête à exploser. Frediano congédia tout le monde, referma la porte et se tourna vers elle. Comment se débrouillait-elle pour paraître aussi jolie dans cette robe beige sans charme ? se demanda-t-il malgré lui. Et pour délivrer en pleine panique un discours aussi... séduisant, malgré tout ?

— Je ne veux plus jamais faire ça ! s'écria-t-elle.

— Quoi donc ? M'embrasser ? Ou dévier de votre texte et tout gâcher ?

Ilaria le fusilla du regard et serra les poings.

— La présentation est faite, comme vous le souhaitiez. Relâchez maintenant ma cousine et... et... enfermez-moi dans un donjon ou je ne sais quoi ! Je ne veux plus jamais me retrouver face à une foule aussi dense. Je ne veux plus entendre parler de dîner royal, de traditions et de protocoles. Je préfère encore croupir au fond d'un cachot jusqu'à la fin de mes jours !

Sa véhémence surprit Frediano. Après ce discours plein d'audace, très éloigné de ce qu'il avait voulu et de ce qu'il pouvait tolérer, mais qui avait su plaire au public à en juger son accueil, le désespoir semblait de nouveau la faire dérailler. Il avait presque envie de lui ouvrir les bras pour l'apaiser, et c'était très contrariant, d'autant qu'elle ne récoltait là que ce qu'elle avait mérité, en provoquant une catastrophe.

— Je ne m'attendais pas à de telles envolées lyriques, Ilaria.

Elle se mit à arpenter la pièce d'un pas martial.

— Je déteste ça. Qui peut supporter une chose pareille ?

— Je n'aime pas plus que vous me donner en spectacle, mais je suis un Montellero. Cela fait partie de mes devoirs. Vous vous habituerez.

Ilaria revint vers lui, l'index pointé comme pour l'enfoncer droit dans son cœur.

— Et moi je suis une Russo, rétorqua-t-elle d'un air de défi. Nous travaillons dans la mine. Nous élevons des moutons. Nous n'adressons pas de discours aux foules depuis une terrasse et nous n'avons rien à faire des protocoles et des dîners !

Pourtant elle avait bel et bien conquis la foule. Les journaux feraient leurs gros titres sur la princesse du peuple, les gens voudraient tout savoir des drames qu'elle avait endurés...

La colère refit surface. Frediano serra les dents. Il fallait s'éloigner maintenant, quitter cette pièce et s'employer à limiter de dégâts. Seulement il brûlait de se rapprocher d'Ilaria au contraire, pour lui faire mesurer la portée de ses actes, lui faire comprendre qu'elle était une erreur et qu'il ne tolérait pas les erreurs... et dévorer sa bouche, au lieu de se contenter de chastes baisers en public purement symboliques.

— Vous préférez œuvrer dans l'ombre, marmonna-t-il. Rassembler vos troupeaux et vos orphelins, évoquer votre travail et les drames de votre vie. Vous préférez défier les lois avec votre orphelinat illégal... Mais vos préférences n'ont plus lieu d'être. Vous n'êtes plus une Russo. Vous êtes une Montellero. Et vous venez vous-même de vous hisser au rang de voix du peuple !

— Je voulais juste dire un mot qui... qui me réconforterait si j'étais à leur place. Le peuple vous est-il indifférent à ce point ? Ou est-ce le protocole qui exige ce fossé entre vous ?

— Le protocole est conçu pour lui autant que pour nous. Il n'est pas à sens unique. Nous, leaders, incarnons un symbole. Le protocole, la tradition, les règles en général sont des gages de stabilité et donc des sources de réconfort. Dans un monde en perpétuel bouleversement, nous offrons un socle, princesse. Et maintenant le peuple compte sur vous. Vous voudriez disparaître au fond d'un cachot ? J'aimerais pouvoir vous contenter, mais vous vous êtes vous-même propulsée en première ligne.

— Je ne cherchais pas à...

— Vous avez compromis tous mes projets. Vous avez mis en danger la santé de votre roi. Vous avez échoué, or protocole ou pas, je n'accepte pas l'échec.

— Alors qu'attendez-vous pour mettre fin à cette farce ?

— Il n'y aura pas de fin, *tesoro*.

Une annulation causerait un scandale sans précédent, plus éclatant encore que les entorses à la tradition dont ses parents s'étaient fait une spécialité. Aucun membre de la famille royale n'avait jamais divorcé. Plutôt mourir que d'être le premier à le faire.

— Vos péchés seront expiés d'une manière ou d'une autre, princesse. Vous rêvez d'un donjon, vous rêvez de retrouver votre petit village ? Eh bien, vous venez de perdre définitivement toute chance d'obtenir ces choses que vous désirez tant. Cela dit, ce mariage est déjà une prison pour nous deux.

Ilaria inspira vivement.

— Ma cousine... ?

— Votre cousine peut aller au diable, en ce qui me concerne !

Il la planta là sans un regard en arrière.

Encore lui fallait-il recouvrer son sang-froid avant d'affronter son grand-père. Frediano s'achemina donc d'un pas lent vers le bureau royal, comptant les secondes entre chaque respiration, exactement comme il l'avait conseillé à Ilaria tout à l'heure. En pure perte. Il bouillait encore en son for intérieur en patientant devant la porte richement ouvragée après avoir frappé.

Comment une simple petite montagnarde avait-elle pu le mettre complètement sens dessus dessous ? La couleur de ses yeux et l'ardeur de ses réactions ne pouvaient tout expliquer. C'était inconcevable...

Le battant s'ouvrit enfin. Sur un signe d'un des aides de camp, Frediano s'avança vers son grand-père assis derrière son immense bureau de bois précieux.

— Viens t'asseoir, dit le roi Carlo.

Frediano obéit en s'efforçant d'adopter la même absence d'expression. Combien de fois avait-il sondé en vain ce visage impassible en quête d'une réaction quelconque ?

Son grand-père se pencha sur les feuilles étalées devant lui. Comme il n'aimait guère les ordinateurs, la plupart des informations étaient imprimées à son intention.

— J'ai lu tes rapports et discuté avec les aides présents sur le terrain, dit-il. J'ai donné l'ordre aux gardes-frontières de laisser partir Sophia Avida. Nous n'avons pas besoin d'elle.

— Grand-père...

— La tournure des événements me surprend, reprit le roi en se redressant. Pourtant il semble bien que ce soit un grand succès.

Frediano qui s'apprêtait à présenter ses excuses se tut et battit des cils.

— Pardon ?

— D'après mes conseillers, nous sommes considérés comme trop traditionnels, trop masculins. Je pensais que la figure douce et féminine de Sophia Avida serait idéale dans ce contexte, mais... Ton choix, je crois, convient davantage. Le discours de la petite m'a plu. Il nous humanise, et le peuple appréciera. Son drame éveillera la sympathie à son égard, et envers toi aussi par ricochet. Je ne suis pas certain que Sophia nous aurait autant aidés, même si son père est mon ministre.

— Je... je ne comprends pas.

— C'est bien joué, Frediano. Ilaria suscitera l'intérêt, pas le trouble. Rien de commun avec tes parents qui ne pensaient qu'à eux.

Le visage du roi s'assombrit un bref instant.

— Son passé est intéressant, reprit-il en tapotant des papiers, sans doute le rapport sur Ilaria que Frediano lui avait transmis le matin même. Tout ce qu'elle a fait semble motivé par un profond altruisme. Une enfant gâtée issue d'une famille riche n'aurait pas pu soutenir la comparaison. Quand bien même ta princesse ne serait pas aussi généreuse qu'il y paraît, le drame adoucit les cœurs plus sûrement qu'un bon pedigree. C'est un outil précieux, si l'on en use correctement. Nous en userons correctement, n'est-ce pas ?

Frediano, qui ne s'attendait pas à une telle réaction, loin de là, se sentait aussi perdu que le jour lointain de ses premiers pas sur la terrasse.

— Vous allez donc suivre le conseil des médecins ? s'enquit-il.

Le roi Carlo fronça les sourcils.

— Pas tout de suite. Cette fille doit encore apprendre quelques points du protocole. Un minimum d'obéissance, surtout. Elle semble d'une argile aisée à modeler, encore faut-il que l'œuvre soit achevée pour que je me sente assez serein pour envisager de me retirer.

Il darda sur Frediano un regard d'acier avant d'ajouter :

— Le dîner de noces royal devra se dérouler sans accroc.

— Ce sera le cas, grand-père, je vous le promets.

6

Ilaria, désespérée, tournait en rond dans sa grande et belle chambre dont les murs semblaient bizarrement se refermer sur elle. Elle avait envie de pleurer, de marteler ses oreillers de coups de poing…

Le temps passait. Un dîner lui avait été servi dans sa chambre. Elle avait appelé Sophia tant de fois qu'elle avait cessé de laisser des messages. Répondeur saturé.

Elle aurait aimé prendre le large et retourner dans son monde, où tout avait du sens, où c'était elle qui dirigeait les manœuvres.

Ce n'était pas la première fois que le sol s'ouvrait sous ses pieds, mais aujourd'hui elle n'avait personne sur qui veiller, personne à réconforter. Elle était seule dans cette pièce cossue, livrée à elle-même.

Elle avait envisagé de se changer, mais l'armoire regorgeait de vêtements plus sophistiqués les uns que les autres et elle n'était même pas sûre de pouvoir dégrafer seule les boutonnières dans le dos de la robe.

Elle ne voulait pas d'aide. Elle voulait juste sortir de là, même un petit moment. Quelques pas au-dehors, un peu d'air frais offriraient un répit bienvenu loin de cette prison.

« Vous rêvez d'un donjon, vous rêvez de retrouver votre petit village ? Eh bien, vous venez de perdre définitivement toute chance d'obtenir ces choses que vous désirez tant. »

Les mots furieux de Frediano résonnaient dans sa tête. Cette colère, c'était toujours mieux que le contrôle glacé qu'il affichait en permanence, ou l'impassibilité de son grand-père, mais cela ne la consolait guère. Car cet homme exaspérant avec son arrogance et son sacro-saint contrôle l'emplissait d'un désir incompréhensible.

Elle le détestait, et en même temps elle mourait d'envie de le toucher. Il avait fichu sa vie en l'air, mais il lui avait tenu le bras lorsqu'elle vacillait...

Personne ne lui avait jamais offert de soutien. Elle aurait aimé ne pas trouver autant de réconfort auprès de quelqu'un qui sabotait sa vie. Tout ce que le prince faisait pour elle, c'était pour servir ses propres intérêts. D'où lui venait ce pouvoir de la priver en un instant de toute faculté de réflexion ? À son contact, d'autres envies, inédites, lui venaient.

Soucieuse par nature de son prochain, elle n'était pas du genre à s'écouter. Était-ce un tort ? se demanda-t-elle soudain.

Bien sûr que non ! Aider, c'était une démarche juste. C'était toujours mieux que de gâcher la vie des autres en parfait égoïste, sous prétexte qu'on en avait les moyens.

Elle gagna la porte d'un pas décidé et sortit dans le couloir.

Il y avait un aide de camp posté là, vêtu de l'uniforme spécifique au palais qu'elle commençait à connaître, un costume noir impeccable, très seyant pour les hommes. Le personnel féminin semblait avoir plus de choix dans les tenues, pourvu que cela reste du noir.

— Puis-je quelque chose pour vous, Votre Altesse ?

Se retenant de crier : « Ne m'appelez plus jamais comme ça ! », Ilaria sourit, prête à traiter les employés avec la même franchise et la même fermeté que les orphelins et les veuves réfugiés à la ferme, en allant droit au but.

— J'aimerais prendre un peu l'air, dit-elle. Dehors.

L'homme s'inclina.

— Permettez-moi de vous accompagner, Votre Altesse.

— Ce ne sera pas nécessaire.

— J'ai bien peur de devoir insister.

Ilaria inspira par le nez et relâcha lentement son souffle, détendit ses mains et sourit.

— Comment vous appelez-vous ?

— Vincenzo, madame.

— Vincenzo, êtes-vous mon geôlier ?

Le visage de l'aide de camp se décomposa.

— N... non, madame. Bien sûr que non.

— Alors j'aimerais aller faire quelques pas seule.

— Je suis navré, Votre Altesse, mais je ne peux tout simplement pas le permettre. Votre discours a causé un grand émoi. Les paparazzis sont partout. Le château est protégé, mais certains ont trouvé moyen de se ménager un aperçu sur les cours extérieures.

Son discours... Pourquoi ne s'était-elle pas contentée de lire ce fichu papier ? Comment avait-elle pu se croire capable de maîtriser la situation ? Frediano avait raison. Elle avait tout gâché.

La sentant peut-être vaciller, Vincenzo vint à son secours.

— Je peux vous montrer un chemin privé plus abrité que les autres. Je dois vous accompagner, toutefois.

C'était déjà quelque chose. Même en compagnie d'un inconnu, la fraîcheur nocturne serait plus agréable que cette chambre suffocante.

— Entendu. Merci, Vincenzo.

Au-dehors, l'obscurité était totale. Seul le clair de lune permit à Ilaria de distinguer un sentier menant vers le lac.

— Vous voyez ces lumières ? demanda Vincenzo, pointant un ruban luminescent au niveau du sol de part et d'autre du sentier. Si vous souhaitez vous isoler, vous pouvez les suivre jusqu'au bout et revenir ensuite. Je resterai ici pour surveiller les environs, ajouta-t-il avec un bon sourire, comme s'il lui offrait un cadeau de prix.

— Merci, Vincenzo.

Il s'inclina, et Ilaria le laissa là.

Marcher l'aiderait à réfléchir, comme souvent chez elle lorsqu'un souci lui occupait l'esprit. Elle adorait grimper dans la montagne derrière les moutons et sentir le vent lui fouetter les joues comme un rappel que dans ce monde immense et magnifique, ses problèmes n'étaient que poussières.

Chaque pas sur le sentier la rapprochait du lac et de son doux clapotis. La nuit l'enveloppait de son manteau sombre, l'air frais l'apaisait. Elle inspira profondément.

Aucun problème, si complexe soit-il, n'était insoluble, après tout. Frediano exagérait peut-être la gravité de la situation. Le roi l'avait appelée « petite » et insistait pour qu'elle poursuive son apprentissage, mais ce n'était pas une raison pour prendre à cœur ces remarques.

C'était étrange d'avoir vu d'aussi près cet homme détesté. Étrange aussi, l'attitude de Frediano, qui lui témoignait une chaleur et un dévouement mal payés de retour. Qui pouvait dire ce qui animait le roi en une circonstance quelconque ? Son petit-fils lui-même savait-il le déchiffrer ?

Comme si le seul fait de penser au prince l'avait fait apparaître, elle se tourna vers le lac, alertée par un bruit troublant le clapotis, et l'aperçut émergeant de l'eau, sa silhouette humide et puissante se découpant dans la lueur argentée de la lune.

Une hallucination, sûrement...

Voilà pourtant que cette vision s'acheminait vers un banc, sur lequel l'attendait une serviette pliée avec soin.

Il était si beau. C'était presque injuste. Comme dans un conte de fées – grand, sombre, dangereux et terriblement attirant. Un loup. Un prince. Un méchant. L'eau ruisselait de ses cheveux, de son corps, il s'employait à l'éponger.

Le prince. Son mari.

Ilaria battit des cils face à cette réalité improbable, tétanisée, incapable d'autre chose que de contempler cet homme avec un désir croissant. Elle se demanda fugitivement si c'était la nage qui façonnait ces muscles ou s'il soulevait régulièrement de la fonte – et rejeta aussitôt cette idée pour le moins déplacée.

— Vous ne devriez pas être seule, dit-il tout à trac.

— Je ne le suis pas. Vincenzo me surveille.

Frediano suivit la direction de son regard et leva la main. Vincenzo s'inclina et disparut dans le château.

Elle était donc seule à présent. Dans la nuit. Avec son mari.

Non, pas question de penser à lui en ces termes. C'était l'homme qu'elle haïssait. Son ravisseur.

— Qu'est-ce que vous faites là ? s'entendit-elle demander alors que son cerveau lui commandait de regagner séance tenante sa prison dorée.

— Je nage dans ce lac tous les soirs à cette heure-ci, répondit Frediano en se frottant les cheveux avec sa serviette. La nuit même les paparazzis armés de téléobjectifs ne peuvent pas me repérer.

Il était redevenu lui-même. Plus aucune trace de colère, juste ce détachement insupportable, très similaire à celui du roi Carlo.

Ilaria le regarda s'essuyer la poitrine, fascinée malgré elle.

— L'eau n'est pas trop froide ? demanda-t-elle d'une voix un peu altérée.

Le prince suspendit son geste et croisa son regard dans la pénombre.

— C'est tout son intérêt.

Après avoir enfilé un sweat-shirt il reprit le chemin du palais, s'attendant sûrement à ce qu'elle le suive. Ilaria ne bougea pas. Au bout de quelques pas, Frediano se retourna. Les petites lampes du sentier éclairaient à peine les contours de sa silhouette imposante. Le cœur d'Ilaria fit une embardée, comme pour l'avertir d'un danger.

— Ma cousine...

— A recouvré la liberté. Vous avez beaucoup impressionné mon grand-père. Il a donné l'ordre qu'on laisse Sophia franchir la frontière avec son marinier. Inutile de vous inquiéter pour elle. Elle a trouvé ce que vous n'aurez jamais.

Ilaria n'en crut pas ses oreilles.

— Il est persuadé, lui, que vous serez un atout pour la Couronne, ajouta Frediano.

— Mais pas vous...

— Je ne suis pas le roi. Pas encore. Ce que je pense n'a aucune importance. Vous êtes ma femme. Cela du moins ne changera pas.

En effet. L'enjeu était trop grand, chaque année apportant plus d'argent et d'autonomie pour sa ferme et ses orphelins. Quand bien même elle renoncerait à cette manne, elle ne pourrait jamais retrouver sa vie d'avant, même avec une annulation ou un divorce. Car sa vie avait changé de façon irrévocable. Elle était célèbre désormais. C'était un fait aussi difficile à accepter que son union avec cet homme.

— Venez, princesse. Je vous raccompagne en lieu sûr, dans vos appartements.

— Je ne suis en sécurité nulle part ici.

— Ce sera toujours mieux qu'à portée des journalistes fouineurs, répliqua-t-il avec un geste large vers les hauts murs d'enceinte du château.

Ilaria fronça les sourcils.

— Vous détestez vraiment la presse…

— Oui, répondit-il simplement.

— Pourquoi ?

La question surprit Frediano. Il envisagea de ne pas répondre. Cela ne la regardait pas, après tout. Néanmoins, s'il tenait à rectifier les erreurs commises ces dernières vingt-quatre heures il devait aussi apprendre d'elles.

Ilaria n'obéirait pas aux ordres, trop habituée sans doute à donner les siens dans le petit fief qu'elle s'était créé. Il devrait s'y prendre autrement pour la façonner à sa volonté. Tous les rapports décrivaient une femme bonne et généreuse qui travaillait dur et parlait vrai. Une femme de bon sens, qui surmontait vaille que vaille les coups du sort.

Cela signifiait sûrement qu'elle avait l'esprit vif et qu'il y avait donc moyen de raisonner avec elle.

— Mes parents utilisaient la presse pour satisfaire leurs caprices et d'une manière générale, causer le plus de tort possible à mon grand-père.

Il continua de parler tout en marchant, attentif à exposer les faits au-delà des émotions désagréables qui l'agitaient à ce souvenir.

— Les journalistes gobaient tous leurs mensonges, toutes les tromperies orchestrées par ma mère, trop heureux de gloser sur le conflit entre père et fils…

— Vous n'aimiez pas beaucoup vos parents, commenta Ilaria d'une voix douce en se portant à sa hauteur.

— Ils n'étaient pas vraiment des parents, dit-il, les yeux levés vers le palais. Ils m'ont empêché de voir mon grand-père, alors que c'était mon droit imprescriptible, non pour mener une vie meilleure ou plus simple comme ils le prétendaient, non… Parce que cela leur valait davantage d'attention que le strict respect du protocole et des traditions.

Il se tut et coula un regard vers Ilaria, qui semblait pensive.

— Et vous n'avez pas eu de peine du tout lorsqu'ils sont morts ? demanda-t-elle.

Encore une question qui prit Frediano de court. Au lieu de réagir, il s'accorda un temps de réflexion. Il se revit ce jour-là, seul, certain de connaître le même sort, durant des heures, des jours… La neige. La faim. La mort certaine…

Tout cela parce qu'ils n'avaient pas voulu partir sans lui. Cela aurait desservi leur image. Ils tenaient à montrer qu'ils l'aimaient au point de ne pas supporter de se séparer de lui pour le confier à une nourrice. Si seulement ! Mais ses parents discutaient toujours devant lui comme s'il ne comprenait rien et si les détails lui échappaient, il captait le sens de leurs actes. Ils ne pensaient qu'à eux, jamais à lui. À eux et à tous ces gens qui leur léchaient les bottes…

Si bien qu'il avait eu la certitude que personne ne viendrait le secourir alors qu'il était seul et gelé au pied de la montagne où ses parents avaient chuté. Jusqu'au moment où son grand-père l'avait trouvé et arraché à la glace de ses propres mains. En le sauvant de cette montagne, il l'avait aussi sauvé de cette enfance.

— C'était un soulagement, marmonna-t-il.

— Ce moment a dû être difficile, pourtant.

Il la regarda, surpris de la douceur de sa voix, ému malgré lui.

— Serait-ce un élan de compassion envers moi, princesse ?

Elle releva vivement le menton.

— Bien sûr que non !

— Bien.

— Moi, j'étais dévastée à la mort de mon père. Il était la

lumière de ma vie. Et celle de mon grand-père aussi. Ce jour-là les ténèbres ont englouti notre univers.

— Beaucoup de monde dans votre village a dû souffrir.

— Exact. Et savez-vous pourquoi ?

Elle pila net et se tourna vers lui.

— Parce que les hommes comme votre grand-père et mon oncle se souciaient plus de la rentabilité que de la sécurité. Plus tard, alors que mon grand-père était inconsolable, que les prospecteurs voulaient mettre la main sur notre ferme et que les veuves et les orphelins erraient dans le village comme des fantômes, votre grand-père a offert le poste de ministre à mon oncle Giovanni. Votre héros a décidé que des enfants qui avaient tout perdu seraient arrachés à leur foyer et envoyés en ville dans des établissements sordides.

Ses yeux lançaient des éclairs, de colère mais surtout de douleur. Et si Frediano s'insurgeait intérieurement en entendant ces accusations contre son grand-père, ce discours lui offrait bien des éléments dont il pourrait user pour l'amadouer.

— Et votre grand-père à vous, il était où, dans cette histoire ?

— Dans le chagrin, rétorqua-t-elle.

— Et pas vous ? À quatorze ans ?

Ils pénétrèrent dans le palais, désert et faiblement éclairé à cette heure tardive. Seul le souffle saccadé d'Ilaria troublait le silence.

— On dirait bien qu'il vous a livrée aux loups, exactement comme mes parents, glissa-t-il.

Ilaria s'arrêta devant la porte de ses appartements.

— Mon grand-père valait dix fois l'homme que votre grand-père et vous-même réunis ne pourrez jamais être. S'il avait une faiblesse, c'était l'amour ! Celle-là, vous ne risquez pas de la connaître un jour.

Si vos parents ne vous aimaient pas, qui le pourrait ?

Elle n'avait pas prononcé ces mots, mais Frediano les avait entendus tout de même.

L'amour…

Le roi Carlo avait aimé son fils, mais ce fils l'avait trahi. Ses parents prétendaient s'aimer, mais ils n'aimaient qu'eux-mêmes. Lui, ils ne l'avaient jamais aimé.

De l'amour, il n'avait vu sortir que le malheur.

Voyant Ilaria prête à entrer dans sa chambre, sans réfléchir Frediano cala une main sur le chambranle, lui bloquant le passage. Quelque chose l'incitait à ne pas la laisser partir.

Elle redressa les épaules et le contempla avec mépris. Cette robe beige ridicule ne la flattait vraiment pas, pourtant le désir le tenaillait toujours, un désir impossible, si aigu que même des guenilles n'auraient pu l'émousser.

— J'ai l'impression de mieux vous connaître maintenant, dit-il. Toutefois je dois vous prévenir. Un mot désobligeant à la presse envers mon grand-père, susceptible d'entacher la respectabilité du nom de notre famille, et le donjon que vous avez imaginé vous paraîtra doux.

— La respectabilité, répéta Ilaria en détachant les syllabes avec une moue de dégoût. Vous ne connaissez même pas le sens de ce mot !

Sur une impulsion, il tendit la main et lui caressa la joue.

Elle frémit sous ses doigts, tout en le fusillant du regard. Au moins cette attirance improbable entre eux était réciproque. Tel un insecte pris dans la lumière, Frediano ne put résister à cette flamme. Il se pencha si près qu'elle écarquilla les yeux.

— Vous me haïssez, me maudissez, me blâmez, chuchota-t-il. Mais vous me désirez.

Ilaria tressaillit, ses joues rosirent joliment.

— Non !

Un vœu pieux, songea-t-il. Le souffle d'Ilaria dansait sur ses lèvres comme une promesse.

— Voulez-vous que je vous le prouve ?

— Impossible, répliqua Ilaria avec un rire étranglé.

— Un défi, murmura Frediano.

Sans autre avertissement, il l'attira contre lui et écrasa sa bouche contre la sienne.

Enfin !

Il s'attendait à ce qu'elle le repousse et s'insurge. Elle fondit sous ses lèvres et se coula contre lui, les paumes plaquées sur son ventre. Elle se hissa même sur la pointe des pieds pour mieux épouser sa bouche. Les mains de Frediano, sans sa permission, se posèrent en coupe autour du visage d'Ilaria pour approfondir ce baiser. Il s'immergea dans sa chaleur, dans l'ardeur ingénue avec laquelle elle l'embrassait en retour. Elle gémit sous sa bouche et une bourrasque se leva en lui.

Il avait sous-estimé Ilaria. Erreur tactique, vénéneuse. Brusquement il n'y eut plus que sa saveur, sombre, vibrante, comme les ombres des montagnes aux arêtes vives autour de son petit village. Ses mains agrippèrent l'étoffe beige, agacées de cet obstacle. Voir les zones que le soleil n'avait pas touchées. Goûter chaque parcelle de cette beauté surprenante, qu'il ne comprenait pas. Il voulait tout cela et plus encore…

Là était le problème. Frediano se remémora enfin qui il était. Ce qu'il pouvait et ne pouvait pas faire.

Lui arracher sa robe ici et maintenant, alors que n'importe qui dans le palais pouvait surgir et être le témoin de cette perte de contrôle, c'était hors de question, marié ou pas. Afficher sa passion en public lui ressemblait si peu. C'était plutôt la spécialité de ses parents. Néanmoins il eut un mal fou à se détacher d'elle. À refermer cette parenthèse qui avait égaré sa raison et ne devait pas se reproduire.

Ilaria releva les yeux, haletante, les lèvres gonflées, les yeux embrumés d'un désir que son corps durci et brûlant aurait volontiers assouvi là, tout de suite. Il recula d'un pas. Cette femme était dangereuse. À plus d'un titre. Se contenir releva de la torture, mais cette douleur vint à point nommé lui rappeler qu'il était dans le juste.

Il devait avoir repris le contrôle absolu de ses appétits avant de mettre Ilaria dans son lit. Ainsi il serait sûr de garder la haute main.

Il l'emmènerait en secret en lune de miel et réglerait d'un seul coup tous les problèmes. Il lui enseignerait l'étiquette, leur mariage serait consommé comme de juste, peut-être même parviendrait-il à l'apprivoiser tout à fait, si bien qu'il n'aurait plus besoin de recourir à ces petits jeux pour la recadrer.

Dans une semaine, à leur retour au palais, Ilaria serait une autre femme. Et lui aurait atteint tous ses objectifs.

— Vous êtes mon épouse, le mariage sera consommé, dit-il. Mais pas avant que vous ne soyez prête.

— Je ne le serai jamais, répliqua-t-elle, farouche.

Il lui tourna le dos et s'éloigna, savourant de la voir batailler elle aussi entre désir et répulsion.

— Il ne faut jamais dire jamais, princesse ! lança-t-il sans se retourner.

7

Une fois seule, Ilaria versa toutes les larmes de son corps.

Frediano lui avait tout pris, jusqu'à l'espoir de sortir un jour de cette prison. En plus de cette injustice, il y avait ce conflit inattendu entre le désir et la raison.

Même seule dans son lit, elle avait envie de revivre encore et encore le baiser rageur et si excitant de Frediano. En parlant de consommer le mariage, il avait éveillé sa curiosité et depuis, un feu follet lui embrasait le corps. Elle avait beau se répéter qu'il était son ennemi, elle le voulait. Rien ni personne ne l'avait préparée à une bataille aussi déconcertante avec elle-même.

Toutefois, après avoir séché ses larmes, elle s'aperçut que ce moment d'apitoiement sur son propre sort qui lui ressemblait si peu l'avait purifiée, en un sens. Ses yeux brûlaient, ses tempes bourdonnaient, mais c'était comme si ce relâchement lui avait éclairci les idées.

Elle n'avait aucun moyen d'échapper à son sort. Le temps était donc venu de l'accepter. Ce n'était pas si différent des tragédies qu'elle avait connues.

Elle n'avait pas voulu perdre un être cher, et pourtant.

Elle n'avait pas voulu perdre le contrôle de sa vie…

À elle de trouver un moyen de tirer le meilleur de celle qui lui était imposée.

Pour cela, il fallait éviter à tout prix de se retrouver seule avec Frediano. Jamais ! Jamais elle ne coucherait avec lui de son plein gré pour lui donner des héritiers. Finis, les baisers comme celui de ce soir…

Son cerveau insistait sur ce point. Son corps, en revanche, se complaisait à revivre le moment. La bouche dure de Frediano était une invitation à un plaisir obscur et inconnu. Sa façon de la toucher, le goût de ses lèvres, intense, grisant… Ces réminiscences éveillaient une émotion complètement nouvelle pour elle qui pensait jusque-là gérer la ferme et aider son village le restant de ses jours en trouvant là suffisamment de chaleur humaine pour la combler.

En somme, elle voulait ne plus rien avoir à faire avec cet homme… hormis s'unir à son corps.

Cela n'avait aucun sens.

Épuisée moralement et physiquement, elle sombra dans un sommeil comateux et se réveilla en sursaut. Pas un bruit dans la chambre, pas un rayon de soleil au-dehors, juste un noir d'encre. Elle jeta un coup d'œil au téléphone resté sur la table de chevet et s'en saisit en soupirant.

Pour réellement consentir à son sort, il lui restait une personne à contacter. Elle composa le numéro de Sophia et se cuirassa à la perspective de tomber une nouvelle fois sur un répondeur saturé.

— Ilaria ?

— Sophia ! Enfin !

— Oh ! Ilaria… Je suis désolée de ne pas avoir pu te rappeler. Mon téléphone m'a lâchée, c'était compliqué… Mais tout est rentré dans l'ordre maintenant.

Ilaria balaya des yeux la chambre luxueuse qui n'était pas la sienne en songeant que pour elle, rien ne redeviendrait normal, jamais.

— Alors, tu vas bien ? Tu es libre, surtout ?

— Oui. J'ai eu très peur quand les gardes nous ont stoppés à la frontière, mais ensuite ils nous ont relâchés. Mon père a tenté de nous retrouver, mais Tino est plein d'astuces, nous avons réussi à lui échapper. Maintenant nous sommes officiellement mariés, alors cela n'a plus d'importance.

— Bien.

— Et toi... Tu as épousé le prince, dit Sophia d'une voix un peu hésitante. Tu vas pouvoir nous protéger, j'en suis sûre, puisque tu es princesse désormais.

Ilaria ne répondit pas. Une émotion assez déroutante la submergeait. La colère. Pourquoi ? Sophia avait la peau tendre, c'était une enfant choyée qui avait besoin d'aide. Une cause de plus à défendre pour elle, une source de motivation et de satisfaction... Dans sa position, en effet, elle avait toutes les armes pour continuer à protéger sa cousine...

Et moi, alors ?

Pour une raison inconnue les mots de Frediano lui revinrent à l'esprit. *On dirait bien que votre grand-père vous a livrée aux loups, exactement comme mes parents.*

Ce que Frediano ne comprenait pas, c'était que certaines personnes n'étaient pas assez solides pour se battre contre les loups et que d'autres devaient intervenir pour les aider. Quoi qu'il arrive, elle, Ilaria, veillait coûte que coûte sur son troupeau, qu'il s'agisse de moutons ou d'êtres chers à son cœur. Ce qui était fait était fait. S'en émouvoir ne servait à rien.

— En effet, dit-elle enfin.

— Tu es la cousine la plus merveilleuse du monde ! s'exclama Sophia. Et princesse, maintenant... N'est-ce pas incroyable ?

Ilaria ravala une réplique cinglante. Sophia s'attendait à ce qu'elle se réjouisse d'un sort dont elle-même n'avait pas voulu ? Et d'abord, pourquoi n'avait-elle pas pris de ses nouvelles ?

— Je ne pourrai jamais te remercier assez, Ilaria, mais il faut que j'y aille maintenant. Tino et moi sommes en plein petit déjeuner de lune de miel...

Là-dessus Sophia se mit à rire. À rire ! Ilaria en resta coite et raccrocha sans même la saluer.

Elle aurait dû se réjouir de savoir sa cousine au comble du bonheur et son oncle privé du titre auquel il aspirait. Au lieu de quoi, elle se sentait vide et très seule.

Peu après son personnel arriva pour rallumer le feu dans la cheminée, sortir des tenues de l'armoire, des palettes de maquillage et tout le nécessaire pour la harceler jusqu'à ce qu'elle soit déclarée présentable.

Assise dans le lit, elle regarda les flammes danser dans l'âtre en s'interdisant de penser à sa maison, de peur de s'effondrer. Il fallait bien tenir le coup. La gestion du quotidien pouvait être prise en charge en son absence, et l'argent promis par Frediano serait plus qu'utile. La légitimité qu'elle pouvait offrir à l'accueil des orphelins en sa qualité de princesse aussi.

— Tout va bien, Votre Altesse ?

— Bien sûr, dit Ilaria en se glissant au bas du lit pour enfiler la robe de chambre que lui tendait Aurora. Quel programme aujourd'hui ?

Le sourire de Noemi était aussi forcé que le sien.

— Le prince souhaite vous en informer lui-même, je crois.

En d'autres termes, ce qui allait suivre ne lui plairait pas. Ce n'était pas surprenant : rien de ce qui l'attendait ne serait agréable. Comment diable s'y prendrait-elle pour en tirer le meilleur parti ?

— Noemi... Me croyez-vous capable d'en apprendre assez avant ce fameux dîner pour prouver au roi que je peux respecter le protocole ?

— Vous semblez très déterminée, Votre Altesse. Je pense que vous avez la capacité de réussir tout ce que vous désirerez entreprendre.

— Merci, Noemi.

Ilaria se laissa guider jusqu'à un petit fauteuil. La coiffeuse surgit aussitôt, une brosse à la main.

— Vous êtes douce et chaleureuse, princesse, reprit Noemi après un temps de silence. Vous serez un atout précieux pour Vantonella. Le roi et le prince sont honorables et bons, mais les drames de la vie ont fait d'eux des hommes...

— Glacés ? suggéra Ilaria.

— J'allais dire : réservés. Mais je peux comprendre qu'ils donnent une impression de froideur. Quoi qu'il en soit, vous changerez cela, assura Noemi en lui souriant dans le miroir.

Votre discours a eu tant de succès ! Vous serez un exemple magnifique pour la jeunesse de Vantonella.

Ilaria lui rendit son sourire, mais le cœur n'y était pas. Elle n'avait aucun désir d'apporter de la chaleur à ces hommes. Était-ce seulement possible, d'ailleurs ?

Il y avait néanmoins des choses à accomplir depuis sa petite prison dorée. L'idée qu'elle pourrait donner l'exemple, inspirer la jeunesse... Elle tenait là une chance de se rendre utile. Et de combler ainsi le gouffre que son échange avec Sophia avait creusé en elle.

Tout était prêt. Frediano avait demandé au personnel d'Ilaria de faire ses bagages et de la préparer pour un vol vers la plus lointaine des résidences royales, son refuge favori. Comme du temps de son enfance, ce chalet perdu dans les montagnes servirait les desseins de la Couronne.

Le roi Carlo avait approuvé ce plan de grand cœur. Dans la limite des émotions qu'il s'autorisait, bien sûr... Mais seul comptait le résultat.

Il disposait d'une semaine pour polir Ilaria jusqu'à faire d'elle la princesse gracieuse et convenable promise à son grand-père afin de le convaincre d'abdiquer et de s'occuper de sa santé dès le lendemain du dîner de noces.

La tâche exigerait plus que du contrôle. Il allait devoir faire preuve de tact. Avec Ilaria, les ordres et les menaces ne serviraient à rien. On ne lui avait pas inculqué la déférence appropriée envers la Couronne, peut-être même envers quiconque. C'était une jeune femme habituée à être aux commandes et à prendre soin de son entourage. De bonnes qualités pour une reine sans doute, à condition qu'Ilaria trouve sa juste place pour utiliser ces qualités à bon escient.

Il saurait lui apprendre. L'amadouer. Il la mettrait dans son lit pour assouvir ses désirs les plus sauvages et il serait guéri de cette folle attirance qui le distrayait de l'essentiel. Il était plus facile, toujours, de résister à une tentation familière qu'à un mystère.

Même avec cette perspective en tête, l'apparition de sa femme lui causa un choc.

Elle avait troqué le beige de la veille pour une robe noire qui n'était en rien provocante et dont l'étoffe légère épousait sa silhouette. La maquilleuse avait opté pour la discrétion, mais ni les pastels tendres ni le sage décolleté ne pouvaient atténuer l'impact de ses yeux de sorcière des montagnes.

Elle considéra d'un air soupçonneux le petit avion derrière lui.

— Où allons-nous ?

— En lune de miel. Quoi d'autre ?

— De mon point de vue, c'est tout à fait superflu.

— Au contraire, princesse. Loin du palais vous aurez le temps et l'espace requis pour apprendre l'étiquette sans être dérangée. L'atmosphère sera plus détendue au chalet. Ce sera aussi l'occasion de faire plus ample connaissance et de laisser les épisodes désagréables derrière nous.

Elle se raidit, ses yeux lancèrent des éclairs, exactement ce qu'il espérait.

— Vous voulez parler de ce mariage forcé dont nous ne voulions ni l'un ni l'autre ?

— Vous en récoltez déjà les fruits, pourtant. J'ai parlé ce matin même avec la responsable aux commandes de la ferme. Vita, n'est-ce pas ? Elle a évoqué diverses réparations urgentes dans la maison et même une extension à envisager, vos *cottages* étant apparemment surpeuplés. J'ai donné l'ordre à mon personnel de s'en occuper immédiatement.

— Ce sera un grand progrès pour bien des personnes méritantes, murmura Ilaria entre ses dents.

Elle ne s'était même pas insurgée… Curieux, Frediano l'observa avec attention.

— Vous vous sentez bien, princesse ? Une mauvaise nuit, peut-être ?

Elle croisa son regard une fraction de seconde avant de détourner la tête.

— Ah, c'est donc ça, murmura-t-il. Intéressant.

— Je vous garantis que cela n'a aucun intérêt, répliqua Ilaria. Nous y allons ?

Frediano ne bougea pas, n'étant pas habitué à recevoir des ordres de quiconque à l'exception du roi.

— Des rêves vous ont tourmentée, peut-être ? Les partager pourrait vous soulager.

Ilaria garda les yeux rivés sur le tarmac.

— J'ai rêvé de coups d'État sanglants, déclara-t-elle avec un petit sourire.

À sa grande consternation, Frediano ravala un rire. La plaisanterie n'était pourtant pas drôle.

— Venez, dit-il en lui offrant son bras.

Elle y posa la main à contrecœur et se laissa guider vers le jet.

Assez petit pour pouvoir se poser sur la piste en terre battue aménagée près du chalet, l'appareil était néanmoins aussi luxueux que ses congénères plus imposants et offrait tout le confort. Frediano avait souvent travaillé pendant ses trajets aussi bien que dans son bureau du palais. Il s'installa à sa place habituelle tandis qu'Ilaria s'immobilisait dans l'allée centrale, les mains crispées sur son sac à main.

— Je n'ai jamais pris l'avion, avoua-t-elle.

— Est-ce que l'idée de voler vous effraie ?

Elle fixa le hublot. Le jet roulait sur le tarmac, se préparant au décollage.

— Je ne crois pas. Ce sera toujours plus facile que de parler devant une foule.

— Nous y travaillerons.

Ilaria ferma brièvement les yeux et finit par prendre place en face de lui, son sac pressé contre son ventre. Comme elle croisait les jambes, le regard de Frediano glissa vers la ligne fine de la cheville. Sa peau aurait-elle le même goût que sa bouche, un goût de fleurs sauvages écrasées et de tempêtes tropicales ?

— Comptez-vous sérieusement prolonger cette farce éternellement ? demanda Ilaria.

Bizarrement la question ne le mit pas en colère car Ilaria semblait… pas exactement perdue, elle avait trop d'assurance pour cela, mais... vulnérable. Cela toucha un point sensible en lui dont il aurait préféré ignorer l'existence.

— J'ai bien peur que ce soit une nécessité.

— Mais pourquoi ? Je comprends qu'une annulation ou un divorce risquerait de provoquer des rumeurs, mais cela n'aurait rien de commun avec ce qu'ont pu faire vos parents, sûrement.

Elle baissa les yeux, s'attendant peut-être à ce qu'il proteste. C'était pourtant la stricte vérité.

Il avait soupesé ces options, bien entendu. Dès le premier soir, dans la cathédrale. Mais revenir en arrière était inimaginable. La santé de son grand-père était en jeu. Trouver une autre épouse acceptable prendrait du temps. Sans parler de la réaction du roi Carlo à un revirement. Et des fuites éventuelles dans la presse.

— C'est exclu, dit-il.

Elle soupira, mais ne posa plus de questions, les doigts de plus en plus crispés sur son sac à mesure que le jet prenait de l'altitude.

Il prit plaisir à observer ses réactions pendant le vol, au point d'oublier de travailler comme il l'avait prévu. Elle se tordait le cou pour regarder par le hublot, si bien qu'il finit par l'inviter à changer de place pour s'en rapprocher.

Elle ne protesta même pas.

Il y avait chez elle une honnêteté presque troublante. Elle était dépourvue de tous les artifices du milieu dans lequel Frediano avait grandi, chez ses parents comme dans leur entourage, l'aristocratie flamboyante et cancanière qui se souciait comme d'une guigne du bien du pays.

Lorsque l'avion entama sa descente, elle colla le nez au hublot et retint son souffle, impressionnée sans doute par la beauté du site. Le chalet n'était pas aussi vaste que le palais de Roletto, mais c'était un chef-d'œuvre architectural de bois et de verre niché à flanc de montagne. Isolé de tout et de tous. Absolument parfait pour mettre ses projets à exécution.

8

À la descente de l'avion, puis sur le court trajet en voiture sur les routes sinueuses, Ilaria eut toutes les peines du monde à refouler sa panique. Car, d'emblée, elle se sentait presque chez elle ici. Les montagnes, le ciel bleu, l'air frais…

À la vue du chalet, elle se demanda si elle s'habituerait un jour à la beauté omniprésente dans le monde de Frediano. Dire qu'il sortait tout droit d'un conte de fées aurait été exagéré, car cette histoire était tout sauf cela. Mais il faisait une très luxueuse prison, sans aucune échappatoire, à l'évidence. Une splendeur composée presque exclusivement de verre, avec juste les poutres de bois nécessaires pour soutenir l'ensemble. Depuis l'intérieur, quelle que soit la pièce, le panorama sur les Alpes devait être époustouflant.

Les décisions qu'elle avait prises ce matin-là s'en trouvèrent confortées. Elle entendait encore Noemi affirmer qu'elle serait un exemple pour la jeunesse de Vantonella. Puis le paysage défilant à travers le hublot, tel un monde miniature déployé à leurs pieds, lui avait donné la sensation de voler comme un oiseau et dans cette joie toute simple, elle avait trouvé confirmation qu'elle avait tout au moins ce pouvoir-là : se réjouir.

Elle apprendrait l'étiquette. Le peu d'éducation qu'elle avait reçu lui avait au moins permis de comprendre qu'il fallait apprendre les règles pour mieux les briser ensuite.

Par ailleurs, Frediano avait tenté de l'intimider en évoquant son échange avec Vita et ses projets pour la ferme, comme s'il tirait seul les ficelles, mais il lui avait seulement soufflé une idée. Les hospices de Roletto avaient sûrement besoin d'être rénovés aussi. Des bourses restaient à créer au bénéfice des orphelins d'Estraz et des autres drames miniers. Elle se dévouerait donc sans relâche non pas au palais ou au roi, mais au peuple, comme elle s'y était engagée sur cette terrasse la veille devant la foule.

Penser à ce qu'elle pouvait accomplir lui rappelait qu'elle avait une forme de pouvoir entre les mains désormais, même si ce n'était pas la liberté qu'elle avait espérée. Pour cette raison, elle était déterminée à obtenir tout ce qu'elle voulait d'ici la fin de la semaine.

Frediano rêvait d'une épouse docile et effacée ? L'idée la révoltait, mais elle était trop maligne pour s'enferrer dans une résistance vouée à l'échec. Il était prince, un puissant sur le point de devenir roi, il lui suffirait de changer les règles pour se déclarer vainqueur. Elle jouerait plutôt la princesse soumise. Ce ne serait pas un problème, puisque cela servirait ses desseins. Elle puiserait dans cette comédie la joie d'agir pour aider les êtres chers à son cœur à elle.

Frediano n'était qu'un chien de chasse trop zélé. Il aboierait fort pour la guider sur le chemin qu'il avait dessiné, et elle, petit mouton de l'histoire, ferait tout de même ce qui lui chantait.

— Je vais vous montrer votre chambre, dit Frediano. Vous pourrez vous reposer, puis vous changer pour le dîner. Le moment viendra alors de notre première leçon. Le personnel est limité ici, nous avons réussi à garder secret l'emplacement de cette propriété depuis des décennies.

Il la conduisit dans un hall non pas de verre, mais habillé de bois sombre chaleureux et orné de gravures ouvragées représentant les montagnes. Il s'arrêta devant une porte, l'ouvrit et se plaça de manière à lui bloquer l'entrée.

— Vous pouvez vous habiller seule pour le dîner, je présume ?

Ce commentaire n'avait rien d'innocent, Ilaria ne le savait que trop bien. Son regard aiguisé la troublait déjà.

— Vous avez sûrement conscience que j'ai survécu des années durant sans aucune aide dans ce domaine ? persifla-t-elle.

Un léger sourire au coin des lèvres, Frediano détailla son corps avec une lenteur calculée.

— Je serais heureux de vous offrir mes services pour faciliter le déshabillage, ronronna-t-il de cette voix de basse qui depuis le début la déstabilisait profondément.

Cette audace ! Elle voulut répliquer, mais il soutenait son regard et lui revint alors, vivace, la sensation de la langue du prince glissant sur la sienne, ces mains-là sur sa taille, la fermeté de ce corps contre le sien. La chaleur pulsant au creux de son ventre...

Il fallait détourner les yeux, partir, faire quelque chose. Bientôt, oui, elle allait bouger. D'une seconde à l'autre. Au lieu de laisser ces souvenirs la submerger. Au lieu de haleter doucement. Au lieu de savourer la houle de sensations qui la soulevait à mesure que défilaient les images de la veille...

Il n'y avait pas si longtemps, elle se croyait encore destinée à ne jamais s'aventurer sur le terrain des relations entre homme et femme. Elle avait trop à faire à la ferme pour se préoccuper des besoins d'un partenaire. Mais depuis peu cette pensée l'obsédait au point d'évincer de son esprit les choses qu'elle croyait jusque-là essentielles et inamovibles.

Frediano daigna enfin lui libérer le passage, mais elle ne bougea pas, les joues brûlantes, le souffle irrégulier. Il lui saisit alors la main et la retourna pour étudier sa paume. Il avait fait une remarque sur ses mains rugueuses. Elles l'étaient toujours, même si les corvées domestiques lui étaient épargnées depuis son départ de la ferme. Même vivre dans un palais ne pouvait effacer en si peu de temps des années de dur labeur.

Il porta cette main à sa bouche, les yeux rivés aux siens.

— Ma chambre est au bout du couloir, dit-il. Sentez-vous libre de me rejoindre quand vous le souhaiterez.

Il y eut un moment, un très curieux moment, où cette idée parut sensée. Le désir la consumait. Si la caresse d'une main, un simple regard avaient le pouvoir de la mettre dans cet état, il ne faisait aucun doute que d'autres plaisirs mystérieux l'attendaient. Des plaisirs qu'elle avait longtemps crus hors de sa portée.

Seulement elle n'aimait pas Frediano. Et sans amour, à quoi

bon se lancer dans l'aventure ? Elle était presque sûre que ce sentiment était indispensable.

— Je ne le souhaiterai jamais, dit-elle d'un ton moins ferme qu'elle l'avait espéré.

Frediano sourit, mais lâcha sa main.

— Évitez donc les promesses que vous ne pourrez pas tenir, *tesoro.*

Frediano contempla la petite table organisée à sa demande comme le serait le dîner de noces royal, à l'échelle miniature. Ici le roi Carlo avait un jour présenté avec soin et patience au petit Frediano tout ce qu'il avait besoin de savoir pour être prince. Il ferait de même aujourd'hui avec Ilaria.

Ma femme.

Elle avait tant à apprendre, et il n'était pas convaincu qu'elle en ait très envie, en dépit de sa généreuse donation à sa petite ferme. Il avait pourtant cru que son argent et son pouvoir suffiraient à la contenter. N'était-ce pas ce qui appâtait la plupart des femmes de sa connaissance ?

Il allait devoir en apprendre davantage sur elle pour mieux la cerner et se faciliter les choses ensuite. Une fois le mariage consommé, il retournerait au palais avec à son bras une épouse pacifiée et docile.

Satisfait de son plan, repoussant les doutes qui pointaient car rien avec Ilaria ne s'était passé conformément au scénario prévu jusque-là, Frediano consulta sa montre. Il était en avance, comme un écolier impatient.

Il était en effet impatient de résoudre l'énigme Ilaria. Cette femme le déconcertait. Il n'avait jamais rencontré un être ayant des causes à défendre autres que sa propre petite personne, hormis son grand-père bien sûr qui comme lui, œuvrait pour Vantonella et la préservation du nom des Montellero. Ilaria ne pouvait pas être aussi bonne et charitable que son attitude le laissait supposer, il y avait forcément une faille quelque part. À lui de la trouver, mais comment ?

Puisqu'elle n'était pas de celles qui se laissent soudoyer ni soumettre par la force, il devrait tenter quelque chose qui n'était pas dans sa nature.

La douceur.

Il n'était pas certain de savoir ce que c'était, mais il essaierait. Il le fallait. Rien ne l'arrêterait pour obtenir ce dont il avait besoin.

Il entendit des pas approcher et se retourna.

Ilaria pénétra dans la pièce le sourire aux lèvres. Elle portait une tenue sage et décontractée, pantalon noir et pull rouge en laine douce épousant ses courbes généreuses. Cette vision lui fit un effet qu'il eut toutes les peines du monde à brider. D'ici la fin de la semaine il saurait se prémunir de ce genre d'inconvénient, quitte à apprendre Ilaria par cœur, à se gaver d'elle jusqu'à ce que plus rien ne les sépare.

— Lorsque vous approchez d'un membre de la famille royale, une révérence s'impose, dit-il.

Ce n'était pas un ordre, juste un rappel doux, assorti d'un sourire encourageant.

— Ne suis-je pas un membre de la famille royale ? rétorqua-t-elle en lui rendant son sourire.

— En effet. Ce qui implique que votre révérence doit être parfaite. La beauté et la grâce réunies en un simple mouvement.

— Un mouvement de déférence...

— Une marque de respect, rectifia Frediano. Tout comme je m'incline devant mon grand-père.

— Mais je ne vous respecte pas, et votre grand-père encore moins, dit-elle en soutenant son regard comme si ses paroles ne frisaient pas la trahison.

Frediano serra les dents. Il s'était promis de ne pas céder à la provocation. S'il s'énervait, ses objectifs ne seraient jamais atteints.

— Peu importe, dit-il, vous devrez faire la révérence devant lui et devant moi lorsque vous ferez votre entrée au dîner de noces. À moins bien sûr que vous ne souhaitiez créer un scandale ce soir-là. À vous de voir.

Il ne pensait pas un mot de ce qu'il venait de dire, mais autant donner à Ilaria l'illusion qu'elle avait cette liberté à laquelle elle aspirait.

Elle inspira profondément, lui sourit et exécuta une révérence sinon gracieuse et naturelle, du moins tout à fait correcte.

— Je vous assure, Votre Altesse, que je suis impatiente de recevoir toute l'instruction nécessaire.

Elle avait dit cela avec un sourire humble. L'image même de l'épouse qu'il souhaitait.

Frediano ne s'y fia pas une seconde et désigna la table.

— À chaque repas avec la famille royale, vous attendrez pour vous asseoir que votre époux ou votre roi tire une chaise à votre intention.

Joignant le geste à la parole, il s'avança, tira une chaise et fit signe à Ilaria de s'installer.

Elle prit le siège qu'il lui offrait en s'efforçant de toute évidence de ne pas le regarder, mais à la dernière seconde leurs yeux se rencontrèrent. Un chaos se leva en lui, comme chaque fois qu'elle le regardait, pour une raison qui lui échappait.

Ce n'était vraiment pas le moment. D'un pas raide, il alla prendre place en face d'elle de l'autre côté de la table et fit signe à Como de verser le vin, comme ce serait aussi le cas lors du dîner de noces, mais avec davantage de convives.

— Pendant le service du vin, nous entamons un échange cordial avec nos voisins immédiats. Comment va votre cousine ?

— Elle est mariée et heureuse de l'être.

— Elle vous a chaleureusement remerciée d'avoir accepté stoïquement la situation, j'imagine ?

— Sophia m'a remerciée, oui. Elle compte sur moi pour continuer à la protéger de son père à l'avenir. C'est le genre d'homme en qui votre grand-père a toute confiance. De ceux qui terrorisent leurs filles adultes.

À ces mots une vieille douleur traversa Frediano. Il aurait pourtant juré l'avoir exorcisée depuis belle lurette. Une douleur sous la forme d'une question qui le tracassait au plus sombre de son adolescence, alors qu'il s'efforçait de mériter le respect et la confiance de son grand-père.

Combien de temps aurait-il été prisonnier des caprices de ses parents s'ils n'étaient pas morts ? Aurait-il pu un jour se libérer de l'environnement toxique qu'ils charriaient avec eux ?

C'était idiot de s'interroger ainsi, car cela n'avait aucune importance. Ses parents étaient morts et enterrés. Il avait choisi de consacrer sa vie à tout ce qu'ils avaient rejeté. Il ne serait plus jamais sous la menace des caprices égoïstes de quiconque. Les siens compris.

— Aucun parent ne devrait imposer cette pression à son enfant, c'est vrai, dit-il d'une voix bourrue. Mais ce sont là des sujets personnels dont mon grand-père n'a pas conscience, j'en suis sûr.

— J'aimerais lui ouvrir les yeux un jour.

— Par esprit de vengeance, princesse ?

— De justice, rectifia Ilaria.

Frediano eut l'étrange sensation qu'elle jouait avec lui ce soir exactement comme lui jouait avec elle. S'imaginait-elle qu'il la laisserait prendre les rênes ?

Qu'elle garde donc cette illusion-là aussi !

Il se concentra pour lui expliquer la disposition de la table royale et ce qu'on attendait d'elle pendant le dîner. On leur servit les entrées, puis le plat principal. Elle ignorait vraiment tout de l'étiquette, mais lui aussi, à l'époque. Son grand-père avait fait preuve d'une patience infinie avec lui. Il en fit autant avec son épouse.

Ilaria semblait faire des efforts. Elle insista même pour revenir au début du repas afin de passer une seconde fois en revue les différents verres et couverts à utiliser. Un sans-faute. Frediano se surprit à sourire et même à éprouver une certaine fierté devant son aisance. Il appréciait en connaisseur cette ténacité, fruit d'une aversion pour l'échec.

Il observa sa compagne tandis que le dessert leur était servi. Surtout ne pas se laisser impressionner. Il devait encore identifier ses motivations profondes. Une vengeance vis-à-vis de son oncle ? Il pourrait la seconder sur ce point. Le succès de sa ferme, une légitimité officielle pour ses orphelins sans tuteurs ? Il s'en occupait déjà, tant qu'elle se pliait à ses conditions...

Il avait besoin de la connaître à fond de façon qu'elle ne le surprenne plus.

— Tous ces dîners sublimes à venir, c'est bien joli, dit-elle, mais je suis curieuse de savoir comment le palais entend aider ceux qui ne peuvent se permettre de tels luxes.

Elle croisa son regard tout en portant la fourchette à sa bouche. La *crostata* lui plaisait, visiblement. Avait-elle seulement conscience de battre des cils, de pousser de petits soupirs de plaisir ?

— Vous semblez savourer ces luxes, commenta-t-il en souriant.

Il aimait la regarder manger. La voir s'oublier dans ces brefs moments.

Elle reposa sa fourchette sans lui rendre son sourire.

— Je m'abstiendrais volontiers si je pensais que cela changerait quelque chose. En toute franchise...

— C'est bien noté, Ilaria. Vous souhaitez être la princesse du peuple. C'est tout à fait possible. La Couronne investit dans bon nombre d'œuvres de bienfaisance.

— Vraiment ?

— Mon grand-père a largement développé le mécénat. Ses efforts portent pour l'essentiel sur l'accès à l'éducation et la préservation du patrimoine. Les ducs de Vantonella soutiennent aussi bon nombre de causes dans l'armée, les services sociaux, les arts...

— Et vous ? demanda Ilaria en le fixant.

— Moi ?

— Oui, vous, que parrainez-vous ?

— C'est sans importance.

— Pas tout à fait, puisque ça m'intéresse.

Frediano s'octroya une gorgée de vin, le temps de réfléchir. Il redoutait de s'ouvrir à Ilaria. Néanmoins ses choix de patronage étaient de notoriété publique et ses intérêts personnels contribueraient peut-être à amadouer la philanthrope qu'elle était.

— Très bien. J'engage mon nom auprès de nombreuses

organisations médicales, des hôpitaux notamment qui accueillent des enfants de familles démunies ou négligentes.

— Votre nom, murmura Ilaria. Vous signez des chèques, vous coupez des rubans... Je ne veux pas être juste un symbole ou une voix. Je veux aider les gens, moi.

Il pouvait lui expliquer, bien sûr, qu'il ne comptait pas ses heures de volontariat tant que cela restait loin des yeux et des oreilles de la presse, car l'attention que recherchaient ses parents le répugnait précisément pour la raison que venait d'évoquer Ilaria. Il pouvait lui raconter son travail auprès des services comptables pour monter des financements et soutenir de grands projets... Seulement c'était aller trop loin.

Il leva son verre de vin et le fit lentement tourner dans sa main.

— Aider les autres mène souvent directement à notre propre perte, c'est assez amusant, dit-il, vous ne trouvez pas ? En fin de compte, si vous n'étiez pas intervenue dans les soucis de votre cousine, vous ne seriez jamais entrée dans cette cathédrale.

D'abord décontenancée, Ilaria se reprit très vite.

— Comment aurais-je pu être heureuse en sachant ma cousine condamnée à une vie dont elle ne voulait pas ?

Frediano huma son vin avant de reposer le verre.

— Elle, de son côté, semble tout à fait heureuse de vous savoir dans une telle situation.

À ces mots, Ilaria pâlit. À croire que cette pensée ne l'avait pas effleurée. Peut-être était-elle vertueuse à ce point. Peut-être avait-elle si peu l'habitude de la trahison qu'il fallait la lui pointer du doigt pour qu'elle la repère.

— Aider est toujours la juste chose à faire, dit-elle d'une petite voix. Le futur leader de notre pays n'aurait-il donc aucun souci de l'honneur ?

— L'honneur et le sacrifice de soi sont deux choses très différentes, Ilaria.

— La plupart d'entre nous, nés sans cuiller en argent dans la bouche et élevés loin des palais, apprennent que l'honneur c'est d'aider les autres, de se mettre au service de ceux qui ne pourront jamais vous rendre la pareille.

— À vos dépens ? Et vous, Ilaria ? Vous avez subi un drame. Ne méritez-vous pas un peu de cette aide que vous distillez sans cesse autour de vous ? Vous n'êtes plus une pauvre petite bergère, dit Frediano, les bras grands ouverts pour englober l'espace de la salle à manger. Vous êtes une princesse et oui, vous pouvez aider qui vous voulez. D'un claquement de doigts. Mais que voulez-vous pour vous ?

— Aider. Je n'ai besoin de rien d'autre. Noemi m'a dit que je pourrais être un modèle. Puisque la liberté de reprendre ma vie d'avant m'est refusée, autant tirer le meilleur profit de celle que j'ai désormais. Si je peux montrer l'exemple et aider ceux qui ont, comme vous dites, subi un drame, alors c'est ce que je ferai.

— Un bon monarque doit toujours être un modèle, dit Frediano, songeant que ses parents lui avaient au moins appris ce qu'il ne fallait pas faire. Se mettre au service d'autrui en fait partie, bien sûr. Pour autant, il n'est pas nécessaire de devenir un martyr pour la cause. Rien n'interdit d'avoir ses propres envies. Et de les satisfaire, ajouta-t-il, désignant le dessert qu'elle avait interrompu.

À voir son visage se fermer, ce n'était pas ce qu'elle voulait entendre. Frediano attendit en vain qu'elle exprime un vœu, ou même une liste entière de désirs de princesse qu'il se serait fait un plaisir de réaliser si cela pouvait garantir son obéissance. Un simple pot-de-vin ou une menace suffisait à corrompre la plupart de ses connaissances. Une fois leurs désirs satisfaits, ils étaient facilement contrôlables.

Elle, rongeait son frein en silence. Ses yeux verts s'étaient assombris, ses joues empourprées. À la base de cette jolie gorge le pouls devait battre fort.

Il avait envie de le faire galoper pour des raisons bien différentes. De transformer sa colère en passion. Après ces échanges sur les envies des uns et des autres, comment ne pas songer à ce qui lui plairait, à lui ?

C'était risqué, mais ici, au chalet, tout était sous contrôle. Il pouvait au moins céder à un désir, le plus intense de tous, et qui le tenaillait depuis un moment.

Celui qu'Ilaria lui inspirait.

— D'accord, dit-elle enfin en se penchant en avant, les yeux étincelants.

Si les sorcières existaient, tous leurs maléfices prenaient naissance dans les profondeurs émeraude changeantes de ces yeux-là. Quel effet cela ferait-il de se laisser happer par cette magie ? Frediano avait besoin de le savoir. Ainsi, de retour au palais il pourrait s'en défendre et maîtriser la situation.

— S'il y a des désirs particuliers que je suis censée nourrir pour moi… Quels sont les vôtres, Frediano ?

Il s'amusa de la façon dont elle avait craché son prénom comme un juron. Sa passion ressemblerait-elle à sa colère, vive, mordante, redoutable ?

Il baissa les yeux sur son verre puis les releva vers elle.

— Ce soir, *tesoro,* la seule chose que je veux, c'est vous.

9

Ilaria aspira vivement une bouffée d'air. Avec un peu plus d'expérience elle aurait su gérer ce genre d'ouverture flagrante sans montrer la moindre réaction. C'était rageant. Quelques mots simples assortis d'un regard perçant, et ses poumons s'étaient bloqués. Impossible de respirer normalement.

Car la terrible vérité, c'était qu'elle le voulait aussi. C'était même le seul vœu qui lui soit venu à l'esprit face au regard intense de Frediano.

Elle toussota pour s'éclaircir la voix.

— Je ne vous apprécie pas. Je ne vous aimerai jamais, c'est sûr et certain.

Il avait été difficile toutefois de s'accrocher à sa haine envers lui lorsqu'il avait évoqué ses parents. Elle n'avait pas été dupe du ton détaché qu'il avait essayé de prendre pour parler des causes qu'il soutenait, en particulier des familles négligentes. Celle-là le touchait de près.

Se pouvait-il que ses manières dures et dominantes cachent une certaine générosité ? Elle en avait eu quelques aperçus. Sa manière de s'adresser à son aide de camp comme à un ami, la technique de respiration qu'il lui avait suggérée au beau milieu de sa crise de panique, l'affection qu'il cachait mal envers son grand-père.

Cela lui coûtait de l'admettre, mais Frediano n'était pas complètement mauvais.

Une chose était sûre cependant. Il éveillait chez elle des sensations qu'elle se révélait incapable de gérer.

— Le désir n'a rien à voir avec l'appréciation ou l'amour, *tesoro,* dit-il en haussant les épaules. Dans mon expérience, les gens s'aiment surtout eux-mêmes.

— Votre expérience me déprime.

Elle songea malgré elle aux confidences qu'il avait consenties sur ses parents après le bain dans le lac, sur la colère qu'il éprouvait encore envers eux. En dépit de ce qu'elle avait affirmé cette nuit-là, elle le plaignait bel et bien.

Il était facile d'imaginer le petit garçon manipulé comme un pion par des parents égoïstes et téméraires qui ne l'aimaient pas, élevé ensuite par un vieillard rigide qui semblait ne lui avoir inculqué que le sens du devoir. Pour peu qu'elle se laisse aller à visualiser tout cela, Ilaria comprenait comment Frediano avait pu devenir l'homme distant et intransigeant qui se dressait en face d'elle. Il n'était plus seulement un ennemi glacial et autoritaire. Il était aussi une âme à plaindre.

Son père et son grand-père à elle n'avaient pas été parfaits, les années passant elle distinguait leurs failles, les moments où ils lui avaient fait défaut, mais ils l'avaient aimée. Elle n'en avait jamais douté. Cela faisait toute la différence. À défaut d'être irréprochable, si l'amour était là... Tout devenait pardonnable.

Qui aimait Frediano ?

Tu t'en moques. Il est le méchant dans l'histoire !

— Qu'est-ce que l'amour pour vous, Ilaria ? demanda soudain le prince. Vous qui n'avez jamais embrassé quiconque... Si votre mère est morte en couches, vous n'avez même pas eu de modèle d'amour et de dévotion réciproques à retenir comme une quête impossible...

Il parlait d'un ton si sarcastique, comme si c'étaient là des artifices sans valeur, tout juste bons pour la fiction. Au lieu de s'en agacer, elle se sentit encore plus triste pour lui.

— Mes parents s'aimaient, dit-elle. Je n'en ai peut-être pas été témoin, mais mon père m'en a parlé. Lui et mon grand-père s'entendaient bien et ils m'aimaient aussi. L'amour romantique m'est étranger, mais l'amour tout court, je le connais pour l'avoir ressenti.

— Pourtant vous ne vous êtes pas mariée, vous n'avez pas eu d'enfants. Vous avez donné votre vie pour sauver votre cousine d'un mariage avec moi.

Elle le regarda un moment, le regarda vraiment, l'homme derrière son enlèvement et son mariage forcé, derrière le masque impavide qu'il s'imposait. Sans le vouloir, lorsqu'il abordait des sujets intimes elle ne voyait que les blessures dissimulées en dessous.

Clairement il ne comprenait pas. Elle se retint de justesse de tendre la main pour couvrir la sienne.

— Vous ne voyez donc pas ? dit-elle doucement. Cela aussi, c'était de l'amour. Lorsqu'on aime quelqu'un, on est prêt à se sacrifier pour lui.

— Voilà qui semble une tragédie plus grave encore que la plupart des histoires d'amour dont j'ai eu connaissance.

Frediano repoussa sa chaise et se leva pour contourner la table et s'approcher d'elle, la main tendue.

— Leçon suivante, dit-il.

Son mouvement de recul le fit rire.

Ce rire guttural, un peu fêlé, ruissela sur sa peau telle une averse de montagne par un matin brumeux. Elle eut envie de l'entendre encore, ce rire qui ressemblait tellement au bonheur alors que rien chez Frediano ne semblait particulièrement heureux.

Se demander pourquoi ne servirait à rien. L'empathie qu'il lui inspirait la rendrait vulnérable. Sa tendresse ne serait jamais payée de retour.

— Il vous faut apprendre à danser, princesse. Et pas un petit quadrille de *country*. Une valse, une vraie, royale.

Parce qu'elle se sentait désolée pour lui, Ilaria glissa la main dans la sienne sans réfléchir.

Ce contact alluma sur sa peau des étincelles qu'il sentit aussi, sans nul doute. Comment pouvait-elle affirmer ne pas éprouver de désir ? S'il était une chose qu'elle voulait pour elle et elle seule, c'était découvrir où pouvaient la mener toutes ces sensations.

Cette idée aurait dû l'effrayer, mais pas du tout.

Le prince l'invita à se lever puis l'entraîna jusque dans le salon éclairé par le feu de cheminée et la lune qui luisait à travers la vitre entourée d'une myriade d'étoiles scintillant comme des joyaux. C'était presque comme s'ils étaient à l'extérieur, dans la montagne. Alors que la vigilance s'imposait, le cadre familier, avec ce ciel si semblable à celui de sa région d'origine, l'apaisait et jouait contre elle.

La musique n'était pas nécessaire. Frediano l'enlaça de sa main libre et lui expliqua les pas tout en les lui faisant exécuter. Ilaria s'efforça de les mémoriser. Danser ne l'intéressait pas, mais elle n'avait pas envie de se ridiculiser non plus. Un, deux, trois, le rythme était assez simple, mais son esprit persistait à dériver vers la grande main sûre posée sur ses reins. Vers la légère friction de leurs corps à chaque pivot. Vers la fermeté toute chaude de l'autre main du prince, qui tenait toujours la sienne.

Elle n'osait regarder que ses pieds, de peur de trébucher ou d'écraser ceux de son cavalier, et parce qu'elle n'était pas sûre de pouvoir encore danser si elle croisait le regard intense de Frediano.

— Il faut assimiler suffisamment les pas pour relever la tête et me regarder, princesse.

Ilaria fixa obstinément ses chaussures.

— Vous attendez trop de moi, je crois.

— C'est impossible. Votre histoire témoigne de résilience, d'intelligence, de détermination. Vous êtes sûrement capable d'apprendre une danse.

Le ton semblait si sincère qu'Ilaria se redressa, étonnée. Dans les yeux sombres, elle ne vit aucune trace de réprobation. La ligne cruelle de sa bouche était même légèrement incurvée, comme s'il était… impressionné.

— Laissez-vous guider, ajouta-t-il d'une voix si douce qu'Ilaria obéit sans y penser.

Il l'entraîna dans un nouveau tour de piste. En fait de musique, elle sentit une mélodie nouvelle chanter dans ses veines et ondula en cadence sans plus résister aux déplacements qu'il imprimait à son corps.

C'était un peu effrayant de lâcher prise de la sorte, après une vie entière passée à courir après des pouvoirs qui lui faisaient défaut.

— Vous voyez ce qui peut se passer si vous me faites confiance ? murmura Frediano.

— Je ne pourrai jamais vous faire confiance.

— Encore un « jamais » ! Quel dommage, dit-il d'un ton détaché. Il est vrai qu'on ne peut pas toujours obtenir ce qu'on veut.

Là-dessus, il l'enlaça plus étroitement. Leurs jambes se mêlèrent, les seins d'Ilaria s'écrasèrent contre le torse de Frediano et sur son ventre se pressa un sexe dur, massif.

Il la poussait une nouvelle fois dans ses retranchements. Elle pouvait se ressaisir en temps ordinaire, mais pas lorsqu'il la tenait ainsi. Pas lorsque cette voix vibrait jusque dans sa chair.

— Certains n'obtiennent jamais rien, répliqua-t-elle.

D'où lui étaient venus ces mots ? Ils ne lui ressemblaient pas. Son grand-père lui avait appris à se satisfaire de ce qu'elle avait, même si c'était peu, car cela pouvait toujours empirer. La suite lui avait souvent donné raison.

Alors, elle se félicitait de sa bonne santé. Du fait que son grand-père ait vécu assez longtemps pour la voir devenir adulte, même si ses parents n'avaient pas eu cette chance. Elle se réjouissait même de l'occasion qui lui avait été offerte de sauver Sophia et de faire le choix juste.

L'amour était un sacrifice. Elle aimait et se sacrifiait, encore et encore.

Qui donc t'aime, toi, aujourd'hui, maintenant que ceux qui éprouvaient ce sentiment pour toi sont morts et que tu as donné à Sophia ce qu'elle voulait ?

— Certains ? répéta le prince. N'est-ce pas plutôt vous qui n'obtenez jamais ce que vous désirez ?

— J'aimais ma vie, figurez-vous, jusqu'à ce qu'on me force à me marier par la ruse.

— Vraiment ?

— Oui ! Et je trouverai un moyen d'apprécier cette nouvelle vie qu'on m'impose et de m'en réjouir. Vous l'avez dit vous-même un jour, Frediano, le monde est cruel et il se moque de mon sort. Pas moi. Je m'efforce toujours de dénicher le bon côté des choses.

Là-dessus, elle tenta de se détacher de son cavalier, mais il resserra sa prise. Elle le foudroya du regard.

— En vous contentant de la situation telle qu'elle est ? Sans vouloir davantage que le peu que vous avez ?

La voix de Frediano était calme, mais ses yeux luisaient.

Pourquoi persistait-il à prononcer des paroles qui la chamboulaient comme autant de petites avalanches, des paroles douloureuses qui sonnaient si juste alors qu'elles ne l'étaient pas, c'était impossible...

— Je veux aider les autres.

— J'entends bien, mais il y a autre chose. Votre corps me veut, même si votre cœur s'y oppose, dit-il avant de presser la bouche sur sa gorge, juste sous la joue.

Ilaria frémit.

— Permettez-moi de vous donner une chose dont vous avez envie, Ilaria, reprit Frediano d'une voix très inhabituelle, chaude, presque suppliante. Je vous promets que l'amour n'est pas nécessaire. Le plaisir suffit.

Le plaisir...

Il fusait déjà en elle tel un feu follet, réduisant à néant toutes ses résolutions et ses facultés de réflexion. Dans ce désert, seul subsistait le désir, celui-là même qu'évoquait le prince avec insistance comme pour l'hypnotiser et lui faire oublier tout le reste.

Le bien et le mal avaient toujours été si aisés à distinguer. Ilaria n'avait jamais compris comment on pouvait se laisser tenter par le diable avançant à visage découvert.

Enfin, elle comprenait. La tentation. Le désir aveugle de faire ce qu'on savait contraire au bon sens, qui réduisait la raison au silence.

La petite voix dans sa tête s'était tue. Restaient le contact de

Frediano, le parfum d'une eau de toilette de luxe et ces yeux insondables rivés sur elle et gorgés de désir.

Un désir réciproque.

Ce n'était pas dans ses plans. Céder à son désir était une erreur, Frediano le savait. Il avait voulu amadouer Ilaria, la provoquer peut-être, mais sans lâcher prise lui-même.

Le goût de sa peau, c'était trop. Les frissons qui la secouaient lorsqu'il la tenait contre lui… Ce souffle qui s'altérait…

Sa réaction.

Elle ne le repoussait pas, elle ne disait pas non, en dépit de la bataille qui faisait rage en elle sans doute. Pas encore.

Il glissa les mains sous le chemisier, là où elle était douce et chaude. Ses mains voyagèrent sur ses seins par-dessus le soutien-gorge. Le prétexte de la danse avait vécu, il n'y avait plus que ses mains sur elle et ce corps qui se pressait librement contre le sien.

Il ne comprenait pas plus Ilaria que ce désir qu'elle lui inspirait. Le fait qu'on puisse être altruiste au point de négliger ses propres aspirations le choquait. Il aurait aimé croire qu'elle mentait, mais les preuves manquaient. Elle s'était enveloppée dans sa perfection, dans ses sacrifices qu'elle appelait de l'amour.

Le sacrifice par amour, il n'avait jamais vu ça. Mais peut-être n'avait-il jamais connu l'amour ? Ses parents clamaient que leurs sentiments importaient plus que tout, qu'ils étaient supérieurs aux lois, aux exigences de la vie royale, aux responsabilités parentales, mais ce n'était peut-être pas de l'amour, plutôt un pur égoïsme dévastateur, comme dans les autres domaines.

Mais si l'amour, le vrai, c'était l'inverse, le sens du sacrifice… Quel intérêt pour lui ?

S'interroger en cet instant sur les sentiments n'avait aucun sens. Il s'agissait ici d'attirance, d'alchimie physique, dans un but précis et très concret, consommer le mariage et produire des héritiers.

Rien à voir avec des émotions.

La tête d'Ilaria chavira. Il en profita pour tracer du bout des lèvres la ligne de sa gorge, et son souffle de plus en plus irrégulier effaça tout, hormis cette marée de désir qui le submergeait.

— Ilaria, chuchota-t-il, savourant chaque syllabe de son prénom, que voulez-vous ?

Elle inspira vivement comme il pressait un baiser juste sous son oreille. Il attendit sa réponse, au bord du vertige.

Pas question de lâcher prise avant elle. Si violent que soit son propre désir, et quand bien même son sang-froid s'effilochait, c'était elle qui céderait la première. Dans son innocence, elle ne mesurait pas tout ce qu'il pouvait lui montrer. Elle comprendrait alors à quel point le plaisir pouvait être supérieur à l'amour et au sacrifice.

La réponse vint enfin – mais pas en paroles. Ilaria inclina la tête de sorte que leurs bouches ne se trouvèrent plus qu'à un souffle l'une de l'autre. Ses yeux d'un vert céleste dans le clair de lune n'exprimaient rien d'autre qu'un désir incandescent.

Puis elle l'embrassa. Une audace insoupçonnée au vu de son inexpérience… Cette fille ne manquait pas de cran.

À vrai dire, elle avait déjà terrassé plus d'un dragon dans sa vie. Avait-elle peur de quoi que ce soit, à ce stade ? Frediano lui envia presque ce courage qui impressionnait son entourage. Ses orphelins. Le personnel du palais. Son grand-père, même.

Un triomphe. Ilaria serait son triomphe.

Elle serait à lui.

Il n'avait pas droit à l'erreur, cependant. Il se détacha à regret des lèvres tentatrices pour chuchoter :

— Dites-moi… Je ne vous laisserai pas vous prétendre au petit matin victime d'un piège de ma part. Ici et maintenant, c'est vous qui choisissez, *tesoro*. Alors dites-moi, répéta-t-il, que voulez-vous, Ilaria ?

10

Choisir.

Frediano la serrait si étroitement qu'il lui était impossible de s'échapper, d'éluder la question en quêtant de nouveau ses lèvres. Parce qu'elle devait choisir.

L'embrasser était déjà un choix, un peu lâche sans doute. Elle s'était épargné les mots. Elle lui avait cédé, voilà tout.

Ce n'était pas inévitable en théorie, quand bien même son corps aimanté semblait animé d'une volonté propre. Elle avait bel et bien un choix à exprimer, dont elle aurait ensuite à assumer les conséquences sa vie durant.

Elle n'aimait pas Frediano. Frediano ne l'aimait pas non plus et ne l'aimerait pas davantage plus tard, il en était bien incapable puisqu'il ne croyait pas au sacrifice.

Toutefois, depuis ses révélations sur son passé, elle ne le haïssait pas autant qu'elle le devrait. Comment une éducation aussi dénuée de chaleur aurait-elle pu créer autre chose qu'un être au sang-froid ? Oui, le prince avait bénéficié de bien des privilèges, mais elle savait d'expérience que la richesse financière ne pouvait compenser le manque d'amour pour un enfant. Sophia n'avait pas eu la vie facile du simple fait que son père était en vie et riche. L'oncle Giovanni n'aimait rien ni personne, c'était un manipulateur, coupable de violences psychologiques envers sa femme et sa fille. L'argent aidait sans doute, mais sans amour, à quoi servait-il ?

Ilaria tenta de se répéter que Frediano l'avait placée de force dans cette situation – mais puisqu'elle avait décidé de s'en accommoder désormais, avait-elle la possibilité de s'accrocher à sa colère ?

Elle s'était aussi promis de ne pas s'opposer à Frediano juste par principe et d'écouter son propre jugement, sans tenir compte de lui. Elle comptait tirer le meilleur de sa nouvelle vie, or il lui proposait là de choisir ce qui lui faisait envie, pour une fois. De se faire plaisir, en somme.

Pour une fois...

Ilaria fixa les yeux noirs de Frediano et se laissa traverser par l'énergie brûlante que dégageait cet homme. Si elle faisait abstraction du monde extérieur pour se concentrer sur lui, une envie et une seule émergeait.

— C'est vous que je veux, chuchota-t-elle.

Elle avait affirmé que cela n'arriverait jamais ? Aucune importance. C'était cela qu'elle voulait, éradiquer la distance entre eux, découvrir grâce à lui la chaleur grisante qu'ils pouvaient générer.

Quelque chose de bon pourrait en sortir, qui sait. Et si cette idée rassurante lui était soufflée par un démon perché sur son épaule, soit ! Pour un soir, ce soir, elle succomberait à la tentation.

Un grondement assourdi monta dans la gorge du prince. Puis, enfin, sa bouche ardente dévora la sienne. Ilaria se jeta dans le feu et se laissa fondre, tout en douceur consentante sous la rudesse exigeante. Les grandes mains pétrissaient son corps, avides de la connaître, et qu'elles agrippent la laine ou la peau nue, cela brûlait autant.

D'un geste vif, il fit passer son pull par-dessus sa tête. Ces habits qu'elle portait, elle ne les avait pas choisis, c'était comme s'ils n'étaient pas les siens. Il semblait presque juste qu'ils lui soient retirés.

Ce qu'il y avait en dessous, c'était vraiment elle. Sa peau, ses taches de rousseur, sa chair de poule. L'agrafe du soutien-gorge céda sous les doigts de Frediano qui s'écartèrent en glissant dans son dos. Sa bouche dériva, mutine, vers sa poitrine, semant le chaos dans son sillage.

— *Bellissima*, murmura-t-il en empaumant ses seins. Laissez-moi voir combien vous me désirez.

La pensée l'effleura que sa nudité aurait dû l'embarrasser, surtout devant cet homme, mais son corps s'éveillait à la vie comme au premier jour.

Elle se laissa étendre sur le tapis moelleux tandis que la lune exécutait ses propres pas de valse au-dessus d'eux. Il défit la ceinture de son pantalon et l'en débarrassa vite fait. Elle était nue maintenant, étendue devant lui qui était encore habillé, il la regardait comme si elle était un miracle, comme si ce qu'il voyait surpassait ses rêves, et Ilaria eut le sentiment d'une justesse absolue.

— Ah… Quelle beauté. Quelle force. Je vous le promets, ce ne sera pas un sacrifice. Seulement du plaisir, ma princesse.

Il se pencha sur elle, en appui sur un coude. La main libre voyagea sur son ventre, jusqu'à dénicher la source incandescente de son désir.

Ignorant tout de ce qui se passerait au-delà de l'essentiel, emportée dans un tourbillon de sensations inédites, Ilaria s'abandonna aux caresses expertes du prince et tout à coup s'entendit crier, sidérée par le plaisir qui la foudroya. Elle tendit la main vers lui et aussitôt il fut là, bouche scellée à la sienne, pour lui offrir le réconfort de ses larges épaules solides tandis que cette passion sauvage la soulevait et faisait d'elle une autre femme.

Il glissa un doigt au cœur de ses chairs humides de désir. Elle gémit son nom dans un murmure enfiévré et reconnut à peine le son désespéré de sa propre voix. Tout était si nouveau, si intense, si différent ! Elle se cambra, l'attira plus près jusqu'à ce qu'ils ne fassent qu'un, et il n'y avait aucune honte à cela, parce qu'elle avait enfin trouvé la joie.

Cette femme était parfaite en tout point, à croire qu'elle avait été conçue juste pour lui, pour combler ses moindres désirs. Belle, impétueuse, elle resplendissait sous la lumière céleste qui se déversait à travers les vitres. Une vraie malédiction, songea Frediano.

Toucher le centre de son corps en fusion ce n'était pas assez. Il avait besoin d'être en elle, de la faire se consumer, de la posséder de toutes les façons possibles. Elle n'avait pas eu d'amant avant lui. Elle était à lui.

À lui !

Ébloui, il la regarda batailler avec les boutonnières de sa chemise, puis caresser sa peau d'un geste léger, hésitant, qui lui parut délicieusement érotique. Parvenue à la ceinture, elle releva les yeux et le regarda, incertaine, la main en suspens.

Frediano laissa passer un temps. Il la voulait plus que tout, mais un drôle de nœud douloureux s'était formé dans sa poitrine.

Contrairement à ce qu'il redoutait, elle ne changea pas d'avis. Elle soutint son regard au contraire.

— Montrez-moi, dit-elle. Tout.

Tout.

Frediano l'embrassa longuement, passionnément. Elle répondit à chaque baiser, chaque élan, chaque caresse en les lui rendant avec une égale ferveur. Sa courageuse petite princesse. Elle se pressait contre lui, alanguie, les ongles fichés dans ses épaules, les reins arqués pour mieux lui présenter son sein. Frediano ne se fit pas prier, taquina son téton de la pointe de la langue jusqu'à l'entendre haleter, supplier.

Elle ne savait pas au juste ce qu'elle appelait ainsi de ses prières, il en avait bien conscience. Aucune tactique de séduction ici. Juste les désirs d'Ilaria, ses aspirations, son désespoir. Son *s'il vous plaît !* résonna dans ses oreilles, s'infiltra dans son sang comme une drogue, étouffant le reste du monde. Plus rien d'autre qu'Ilaria n'existait en cet instant. Elle, au centre de tout. Sa jouissance, un nectar – le plus doux qu'il ait jamais connu. Il lui donnerait absolument tout ce qu'elle méritait de découvrir entre les mains de son premier amant, et même davantage.

Elle seule.

Frediano cherchait son souffle comme s'il venait de courir un marathon, mais ce n'était que le début. Le tout début. Il fit courir sa langue sur la courbe gracieuse du cou d'Ilaria, goûta sa peau délicate. Elle était chaleur et soleil après un rigoureux hiver. L'espoir après d'interminables déceptions. La saveur irrésistible de l'interdit.

Il ne se contenterait pas de ceci, c'était impossible. Il avait besoin d'elle. Tout entière. Tout de suite. Assez d'attente, assez de torture. Finies, les longues nuits hantées par ces yeux émeraude…

Frediano acheva rapidement de se déshabiller. Leurs yeux se croisèrent, fous de désir. Il savait qu'elle ne se refuserait pas à lui, mais songeant aux diverses fins de non-recevoir qu'elle lui avait opposées jusque-là, il éprouva le besoin de l'entendre les corriger. Retirer ses « jamais ». Choisir.

— Dites-le, ordonna-t-il.

Ilaria écarquilla les yeux, mais sans flancher ni détourner ces joues délicieusement empourprées.

— Oui, Frediano, dit-elle d'une voix éraillée. Je vous désire. Je veux cela.

À moi. Elle est à moi et rien qu'à moi.

La sachant novice, il fit son possible pour contenir le désir qui le submergea au moment de la faire sienne. Elle se raidit légèrement alors qu'il s'invitait enfin en elle. Il s'immobilisa aussitôt tout en l'abreuvant de caresses. Il aspira un téton en bouche jusqu'à la faire geindre doucement. Peu à peu la tension la déserta, et ce fut elle qui se remit à bouger autour de lui. Leurs souffles tremblants se mêlèrent…

Pour cette première fois, il la laissa chercher et trouver son propre plaisir. Ce fut comme assister à un prodige. Elle frissonna longuement et se cabra, son prénom au bord des lèvres.

Mais ce n'était pas suffisant. Loin de là.

— Encore, gronda-t-il.

Cette fois il se chargea de donner le rythme. Qu'elle partage son ardeur, sa fougue…

— S'il vous plaît, haleta-t-elle, épousant le tempo avec une ferveur éperdue.

Entre eux les étincelles fusaient, sauvages, fulgurantes, illuminant la nuit, jusqu'au moment où son sang-froid se lézarda.

Il fut bientôt perdu tout autant qu'elle. Il l'entendit étouffer un sanglot et rugit de plaisir à son tour dans un ultime coup de reins qui le laissa anéanti.

Les secondes s'égrenèrent dans le silence revenu.

Essoufflé, tremblant de tout son corps, Frediano se dit qu'il ne comprendrait jamais la tornade qui venait de l'emporter, lui qui avait toujours su tempérer avec soin ses appétits jusque-là.

Cette femme était différente. Elle était… Elle était à lui.

Il la prit dans ses bras avant de se lever.

Ilaria s'accrocha à son cou tandis qu'ils traversaient le chalet. Arrivé dans une salle de bains équipée d'une grande cheminée qui gardait la pièce bien chaude et pleine de vapeur, il déposa Ilaria avec mille précautions dans la baignoire géante.

Elle soupira d'aise lorsque l'eau chaude l'enveloppa. Il s'assit à son tour. Elle posa la tête contre son épaule et quelque chose chavira en lui. Il eut la sensation d'une porte qui se fermait.

Ou s'ouvrait.

— Je ne comprenais pas pourquoi les gens étaient prêts à tout pour un baiser ou des tripotages dans un coin discret, dit Ilaria d'une voix rêveuse. Maintenant, je sais.

— Vous m'en voyez flatté, murmura Frediano.

Elle se mit à rire, et il sentit la chaleur l'envahir. Il avait de nouveau envie d'elle, une envie si intense qu'il la serra plus fort dans ses bras.

Si cela la gênait, elle n'en souffla mot.

— Vous ai-je donné ce que vous vouliez, princesse ?

Deux yeux verts tout embrumés se plantèrent dans les siens.

— C'est un bon début, dit-elle en souriant.

11

Ilaria avait déjà partagé un lit. Avec deux petites filles recueillies après le drame de la mine. Les nuits avaient été longues et inconfortables, placées sous le signe du chagrin.

Rien de commun avec celle qu'elle venait de vivre.

Le lit était large et tout confort, comme celui du palais, avec des draps fins d'excellente qualité. Mais la principale différence, c'était que durant la nuit, au sortir d'un rêve dans lequel la bouche de Frediano dévorait la sienne, il lui avait suffi de se tourner pour le toucher. Il avait réagi comme elle l'espérait. Elle avait pu explorer son corps à loisir, de toutes les manières qui ne lui étaient pas venues à l'esprit la première fois.

Il l'avait amenée à le répéter encore et encore. *Je vous veux, Frediano.* Tant et si bien que ce désir ne la quittait plus. Mais lorsqu'elle se réveilla au matin, émoustillée, la main tendue vers son voisin de lit… Personne.

Elle ouvrit les yeux d'un coup. La lumière du jour entrait à flots par la grande fenêtre, près de laquelle se tenait Frediano, tout habillé, les yeux sur les montagnes qui se dressaient à perte de vue.

— Bonjour, dit-il sans se retourner.

— Bonjour.

Ilaria remonta frileusement le drap sur sa poitrine nue. Elle n'avait pas réfléchi à la conduite à tenir dans ce monde nouveau qu'ils venaient de créer en se donnant l'un à l'autre.

Son estomac se contracta d'appréhension. Et s'il n'avait pas pris de plaisir, de son côté ? Était-il un comédien si doué qu'elle s'était méprise ?

— Un petit déjeuner vous attend, reprit Frediano.

Il pivota lentement, un peu raide sur ses jambes, alla prendre un plateau sur la console et vint le poser du côté du lit qu'il occupait un peu plus tôt.

Plusieurs bols de fruits, une assiette de viennoiseries, diverses boissons y étaient disposés. Lorsqu'elle releva la tête, Frediano regardait encore ailleurs. Son cœur se serra.

Elle ne pouvait pas regretter. La nuit avait été merveilleuse. La passion leur avait fait oublier tout le reste et…

Enfin, il se décida à la regarder en face.

Les yeux noirs brûlaient de la même fièvre que la veille. Ils glissèrent lentement sur la zone de son corps protégée par le drap, sachant pertinemment ce qui se cachait au-dessous.

L'inquiétude d'Ilaria s'évapora instantanément. Le désir qu'elle lui inspirait ne faisait aucun doute. Tout au moins, elle lui plaisait autant qu'il lui plaisait. Leurs corps étaient compatibles, et cela signifiait peut-être qu'il y avait de l'espoir pour le reste aussi.

La vie prenait un tour étrange, mais Ilaria était déterminée à rester optimiste.

— Nous avons beaucoup de travail aujourd'hui, dit Frediano d'une voix un peu bourrue, mais j'ai tenu à vous laisser le temps de vous reposer.

— Je me sens tout à fait reposée, déclara Ilaria en croquant dans une pomme, un peu gênée malgré tout de déguster, toute nue dans ce grand lit, un petit déjeuner qui aurait pu nourrir dix personnes.

Le prince s'arracha à sa contemplation et se tourna de nouveau vers la fenêtre. Il avait les mains jointes dans le dos et l'air détaché du prince qu'il était, cette certitude tranquille d'être obéi.

La méfiance revint car Ilaria n'avait aucune envie de repartir dans leurs échanges à fleurets mouchetés qui n'en finissaient plus. Elle voulait… autre chose. Comme cette nuit.

— Je nous crois capables de former une fine équipe, Ilaria, déclara-t-il d'un ton précautionneux comme lorsqu'il s'adressait à son grand-père. Vous pourrez aider les gens de toutes les façons qu'il vous plaira, tant que vos devoirs de princesse seront accomplis. J'aurai une épouse aimée du peuple et respectée de mon grand-père. Ce mariage n'est pas voué à ressembler à une peine de prison à vie, ni pour vous ni pour moi.

L'idée semblait raisonnable, et si cohérente avec la décision qu'elle avait prise de tirer le meilleur parti de la situation. À condition qu'ils parviennent à travailler ensemble en bonne entente...

L'amour n'était pas indispensable dans ce système et de toute façon, elle n'avait jamais imaginé le rencontrer un jour. Peut-être Frediano avait-il raison. Peut-être cette histoire n'était-elle pas le cauchemar qu'elle semblait être de prime abord. Elle aimait partager son corps avec lui, il fallait l'avouer. Sur ce point, il ne s'était pas trompé. L'amour n'entrait pas en jeu dans la fièvre qui les prenait dès qu'ils entraient en contact.

Le prince lui procurait des sensations dont elle n'avait jamais soupçonné l'existence. Qui sait, cela pouvait même déboucher sur quelque chose d'agréable, comme de l'affection, à défaut d'amour.

Ilaria déglutit. L'avenir qu'il dessinait là ressemblait fort à un pari. Cela supposait qu'elle accorde sa confiance à Frediano. Elle était si sûre la veille encore de ne jamais en être capable ! Mais depuis elle lui avait confié son corps, et il en avait pris soin. D'une manière spectaculaire.

— Ce serait un résultat acceptable, je suppose, dit-elle.

Frediano sourit, et quel charme il dégageait lorsqu'il souriait... Oui, cela pouvait marcher. L'avenir s'annonçait prometteur.

Et les promesses seraient tenues. Il suffisait de le décider. Puis de soigner la mise en œuvre. Comme toujours.

Sa vie d'avant lui manquerait, mais une fois leur partenariat établi, elle saurait trouver une manière d'exister dans cette nouvelle vie aussi. Elle était princesse. Se fixer un objectif et l'atteindre, c'était dans ses moyens, sûrement ?

Les jours suivants, elle suivit donc chaque matin ses leçons de protocole sans hésitations. Si elle avait un regret dans la vie, en plus d'avoir épousé ce prince par accident bien entendu, c'était de ne pas avoir pu passer davantage de temps à l'école. C'était l'occasion de se rattraper.

Autant les règles d'étiquette à table l'assommaient – elle se moquait d'apprendre les couverts à utiliser ou le vin qui accompagnerait tel ou tel plat le soir du dîner royal – autant l'histoire la fascinait. L'équilibre des pouvoirs, ce que le peuple faisait de ses prérogatives... Elle suivit surtout avec grand intérêt les leçons portant sur les traditions de Vantonella. L'histoire de la famille royale, s'étirant sur plus d'un siècle en un lieu unique, lui parut étonnamment familière.

— Vous savez, c'est curieux mais ce n'est pas si différent de ce qui se passe à la ferme, commenta-t-elle.

Frediano haussa un sourcil.

— Suggérez-vous que les citoyens de Vantonella ressemblent à vos moutons ?

Elle se mit à rire.

— Pas du tout. La ferme a été créée par le grand-père du grand-père de mon grand-père, et transmise ensuite de père en fils. C'est une sorte de royaume miniature dirigé par les Russo et qui est toujours resté dans la famille. Mes parents étaient les premiers de la lignée à n'avoir qu'une fille. J'ai toujours pensé que c'était une chance de ne pas devoir céder à un garçon ce qui me revenait de droit.

— Votre droit d'aînesse, dit Frediano. Pourtant vous sembliez n'avoir aucun projet pour assurer votre lignée...

— C'est le privilège des simples paysans. De mon point de vue, la ferme pourrait revenir à mon enfant comme à un orphelin qui la reprendrait après moi, cela me serait égal, tant que le nouveau patron l'aime autant que nous.

Depuis quelques jours Vita gérait l'exploitation de main de maître, ses rapports réguliers en attestaient. La machine était bien huilée. Sa présence à elle n'était pas nécessaire. On n'avait pas besoin d'elle là-bas. Elle observa Frediano à la dérobée. Il était si fort, si sévère, mais lorsqu'il évoquait son enfance douloureuse... Peut-être que lui, avait besoin d'elle.

Était-ce possible ? L'idée était étrange, mais pas plus que les lignées ou le fait qu'elle soit entrée dans celle des Montellero désormais. On attendait d'elle des enfants, qui seraient couronnés à leur tour un jour...

— Il y a eu beaucoup de fils Montellero. Que dit la loi si... si nous avons un jour une fille ?

Les mots furent difficiles à prononcer. Cette possibilité existait maintenant et l'emplissait d'une émotion complexe qu'elle distinguait mal. Elle avait été une figure maternelle à tant de titres pour certains orphelins de la ferme, sans jamais envisager de devenir mère pour de bon. C'était inimaginable pour elle qui n'avait aucun souvenir de sa propre mère.

Néanmoins la perspective ne lui faisait pas peur. Elle lui plaisait même, et c'était cela le plus effrayant. Mettre un enfant au monde. Leur enfant. Comme l'avait dit Frediano, ils pouvaient former une équipe. Ensemble ils pouvaient, avec un peu de chance, corriger les erreurs commises par ses parents – et même quelques-unes signées de son père ou son grand-père à elle.

— Lorsque mon père s'est marié, dit Frediano, penché sur son livre, mon grand-père a fait changer la loi. L'aîné des enfants héritera de la couronne. S'il y en a plus d'un, ils seront libres de céder ce droit au suivant s'ils préfèrent.

— Étonnant, dit-elle.

— Pourquoi ?

— Je n'ai décelé aucun signe chez votre grand-père laissant entrevoir un homme capable d'infléchir la tradition à ce point et d'envisager que n'importe quel enfant puisse hériter du trône, quel que soit son genre ou son rang de naissance.

— Vous ne le connaissez pas, répliqua sèchement Frediano. Ce roi que vous jugez si repoussant a tout fait pour contenter son fils, mais il avait beau lui passer tous ses caprices, ce n'était jamais assez.

Cette amertume vis-à-vis de ses parents ne surprit guère Ilaria. Frediano avait évoqué son soulagement après leur décès. Ils l'avaient donc blessé de bien des façons.

Ce petit garçon lui inspirait tant de peine qu'elle laissa tomber le sujet. Ils ne seraient jamais d'accord.

À moins que tu ne te sois trompée sur le roi Carlo.

Le sexe lui avait sûrement tourné la tête pour que cette pensée émerge. Elle savait ce qu'avait fait le roi. Peut-être avait-il agi par ignorance ou indifférence, mais cela n'excusait rien. Un monarque devait avoir le souci des citoyens et les aider en toutes circonstances, surtout au lendemain d'une catastrophe. Un monarque intelligent n'aurait jamais fait confiance à quelqu'un comme Giovanni.

Après les leçons, cet après-midi-là, ils partirent se promener, sur une suggestion assez inattendue du prince.

Dehors, dans l'air pur, Ilaria se détendit plus encore. Les montagnes lui donnaient toujours un sentiment de liberté et de sécurité. Frediano la laissa trottiner devant.

À un moment, elle tomba sur une petite alcôve creusée dans la roche face à une paroi abrupte dans laquelle on distinguait une cible dont le temps avait presque effacé les cercles concentriques.

Elle se retourna vers Frediano. Il se tenait sur un rocher, grand et puissant, cheveux au vent, et semblait faire partie du décor, comme s'il était lui-même de pierre. Il désigna d'un geste la cible.

— Du temps où j'apprenais mon métier de prince, mon grand-père m'accordait un moment de liberté dans l'après-midi pour explorer les lieux, plutôt que de rester cloîtré dans le chalet. Il tenait à ce que je n'aie pas peur de la montagne. Nous faisions des randonnées, un peu de tir à l'arc, tout ce qui me faisait plaisir, durant quelques heures. Il voulait que je goûte à la liberté de façon à savoir toujours la retrouver, même sous la pression de la vie royale.

Ilaria considéra un instant la cible, puis demanda :

— Et vous revenez le chercher, cet espace de liberté ?

— C'est ici un de mes refuges préférés, mais je n'étais plus venu depuis un moment, non. Je préférais ne pas laisser mon grand-père seul trop longtemps.

Elle se rapprocha de lui, cheminant prudemment entre les pierres.

— C'est la deuxième fois que vous laissez percer des inquiétudes pour la santé de votre grand-père, Frediano.

Il tourna les yeux vers elle depuis son perchoir, le visage fermé.

— Venez, dit-il. Nous devons nous préparer pour le dîner.

Elle faillit insister, mais elle sentit que le sujet était sensible et se tut, soucieuse de ne pas le blesser.

La tournure des événements n'en finissait pas de la surprendre...

— Vous l'aimez beaucoup, dit-elle à la place.

— C'est mon grand-père.

— Je comprends. J'ai été élevée par mon grand-père, moi aussi. Il a toujours répondu présent, je ne sais pas ce que j'aurais fait sans lui. Peut-être nous ressemblons-nous plus que nous le croyions jusqu'ici, Frediano.

— Vraiment, princesse ?

— Grandir avec un grand-parent, c'est une expérience particulière. Il est plus âgé. À un moment, qui arrive trop vite car nous n'y sommes pas préparés, nous devenons leur aidant. Ou tout au moins nous nous sentons le devoir de lui rendre ce qu'il nous a donné.

Le prince la considéra avec une expression qu'elle ne lui connaissait pas. Le masque était tombé, la tristesse nue affleurait dans ses yeux noirs.

— Une dette, dit-il tout bas, si bas qu'elle faillit ne pas l'entendre dans le sifflement du vent des cimes.

Ilaria acquiesça, saisie d'une émotion familière en songeant à l'aide dont elle avait bénéficié parmi tant d'enfants isolés qui eux, avaient tout perdu.

Avait-elle remboursé sa dette ? Elle s'était dévouée pour son grand-père lorsque sa santé avait commencé à décliner. Elle lui avait lu des histoires au fil de ses nuits de souffrance, consciente que la fin approchait. Elle avait bataillé pour ne pas pleurer en sa présence ni devant les enfants. La conscience de sa dette lui insufflait l'énergie nécessaire, sans doute.

Ne restaient aujourd'hui que le regret de l'avoir perdu et les larmes refoulées bravement à sa mort, l'année précédente.

— Ne pleurez pas, *tesoro*, murmura Frediano.

Il tendit la main pour essuyer doucement ses joues, puis l'attira à lui et pressa un baiser sur sa tempe.

Ilaria se laissa aller contre lui. Elle parvint même à sourire à travers ses larmes. Cette offre de réconfort, c'était nouveau pour elle. Nouveau et merveilleux. Frediano cachait un cœur plus tendre qu'il ne le prétendait, à coup sûr.

Mieux. Songeant aux efforts qu'elle avait déployés pour tenir bon face à la mort annoncée de son grand-père, elle comprit pourquoi le prince s'imposait cette armure. Parce qu'il n'avait personne pour lui apporter du soutien.

Personne pour lui donner de l'amour.

— Peut-être que je vous comprends, chuchota-t-elle d'une voix moins assurée qu'elle ne l'aurait voulu.

Elle garda un moment la joue pressée contre son épaule, perdue dans ses sensations, puis elle s'obligea à relever les yeux.

Frediano ne pleurait pas et son grand-père à lui était toujours en vie, mais il souffrait au plus profond de lui. Le remercier maintenant semblait un peu maladroit, mais elle avait envie de lui offrir un réconfort égal à celui qu'il lui avait donné.

Alors elle se hissa sur la pointe des pieds et chercha ses lèvres, mais pas avec la passion de la veille. Il avait besoin d'autre chose aujourd'hui.

Le prince lui rendit son baiser avec la même douceur. Il la serra contre lui dans le souffle glacial du vent venu des sommets, simplement, comme pour lui tenir chaud.

Lorsqu'il se détacha d'elle, il y eut un instant de silence pendant lequel ils se regardèrent sans parler.

— Rentrons, dit-il enfin de cette voix bourrue désormais familière, qu'elle soupçonnait de masquer un charivari d'émotions.

Il lui prit la main et, sans un mot, l'entraîna vers le chalet.

Ce soir-là le dîner fut long et ennuyeux. La leçon portait sur les couverts et sur les moments où elle était autorisée à se lever ou discuter avec les convives à sa droite ou sa gauche. Suivit une répétition de valse qui s'acheva de la même manière que la veille.

La routine se répéta de jour en jour, et Ilaria se surprit à se sentir de plus en plus à l'aise. Heureuse, même, tout compte fait. Elle apprenait à apprécier son mari. C'était un professeur patient qui la laissait faire autant d'essais que nécessaire sans jamais s'agacer. Il savait aussi écouter avec attention, n'oubliait jamais ce qu'elle lui avait dit, jusqu'aux détails les plus triviaux. Si un plat ne lui plaisait pas à table, il disparaissait des menus...

Chaque soir, il l'interrogeait invariablement sur le rapport quotidien de Vita. Elle lui racontait ce qui se passait à la ferme. Frediano posait des questions, s'inquiétait des retards dans la livraison des médicaments comme s'il s'en souciait réellement. Même les histoires de bêtes malades et de fuites dans le toit ne semblaient pas l'ennuyer. Quoi qu'il en soit, il suggérait toujours des solutions.

Cela aussi, Ilaria le comprenait. Il était exigeant et d'un naturel distant, mais pas égoïste. Tout ce qu'il entreprenait, ce n'était pas pour lui, mais pour son grand-père, pour Vantonella. Parfois même pour elle.

Peu à peu, elle sentit ses sentiments envers Frediano changer de nature, sans bien se l'expliquer.

Quelquefois elle se disait que leurs nuits ensemble avaient altéré ses capacités mentales. Un lavage de cerveau, en quelque sorte. Mais chaque nuit lui apportait un plaisir si intense que cela n'avait pas d'importance au bout de compte. Elle n'aurait jamais cru que le sexe puisse avoir un sens et devenir un monde à lui seul.

Ce soir ils se prélassaient, nus et comblés, dans la grande baignoire. Un feu crépitait dans la cheminée. Au-dehors, une farandole d'étoiles presque aussi belles que son époux illuminaient le firmament.

Et quelle beauté chez Frediano ! Pendant ces nuits, Ilaria s'imprégnait de la chaleur qui couvait, bien présente, au fond de lui. Quand bien même il ne se livrait guère en dépit des efforts qu'elle déployait, elle commençait à entrevoir l'être caché sous l'autodiscipline à laquelle il s'astreignait en permanence.

Ses motivations, ses choix lui échappaient encore, mais elle savait que ce besoin de domination venait compenser une enfance éprouvante et glaciale.

Elle l'avait interrogé plus d'une fois à ce sujet alors qu'ils étudiaient l'histoire de sa lignée. Le prince n'avait pas donné plus de détails que les grimoires officiels, assez opaques, conçus pour préserver l'histoire des Montellero pour les siècles à venir. Rien sur la rébellion de son père, rien sur l'indifférence affichée par son grand-père.

Cette histoire était aussi la sienne désormais. Une véritable leçon d'humilité, d'autant plus qu'elle et le prince étaient seuls à savoir que cela n'aurait pas dû tomber sur elle.

— Frediano, dit-elle soudain, vous avez une vision très sombre de l'amour et du mariage. Pourquoi dès lors, vous être donné tout ce mal pour vous marier ? Ce n'était pas si urgent...

Frediano détourna les yeux.

— J'avais un plan.

Il n'en dit pas plus. Mais Ilaria avait maintenant appris à poser des questions différentes, de manière à contourner la difficulté jusqu'à ce que la réponse émerge au détour d'une phrase par surprise.

— Pourquoi avoir choisi Sophia précisément ? s'enquit-elle.

Il y eut un silence. Frediano haussa les épaules.

— Sophia était simple. Elle aurait su ce qu'on attendait d'elle. Elle n'aurait rien exigé et j'aurais eu votre oncle à ma botte pour la vie.

Ilaria prit le temps de digérer ces mots prononcés avec désinvolture.

Elle distinguait maintenant les différentes couches chez Frediano. Sa façon de battre en retraite lorsqu'il cherchait à reprendre le contrôle. La chaleur et la gentillesse qui pouvaient déborder, pour peu qu'il s'autorise à lâcher prise. Ce goût pour le contrôle, valorisé clairement par son grand-père, qui lui donnait un sentiment de sécurité.

Ce qu'elle avait plus de mal à cerner, c'était l'origine de sa dévotion envers cet homme, au-delà d'une dette morale.

— Et moi, qu'ai-je exigé ? demanda-t-elle au bout d'un moment.

Pour toute réponse, Frediano tourna les yeux vers elle et détailla les lignes de son corps jusqu'à ce qu'elle frissonne, sachant ce qui viendrait après ce long regard brûlant.

Les choses étaient en train de changer. Or Ilaria n'avait jamais su combattre le changement. Il s'imposait sans prévenir. On ne pouvait qu'attendre que la tourmente passe.

Jamais elle n'aurait imaginé ces conséquences de la tempête Frediano. Cette envie qui se confirmait de le comprendre, de prendre soin de lui, de l'amener d'une manière ou d'une autre à ouvrir son cœur.

À *lui* ouvrir son cœur.

— Je croyais que vous ne vouliez rien, princesse, dit-il. Hormis aider.

— Je veux toujours aider.

Cette fois elle ne pensait pas au secours à apporter aux moins fortunés. Elle pensait à lui et à ce mur qu'il avait érigé autour de lui pour protéger un cœur meurtri.

Elle se glissa sur ses genoux. Les bras noués autour de son cou, elle l'invita en elle, comme c'était devenu son habitude. Son habitude et sa joie. Un désir comblé.

Au fil de leurs étreintes il n'avait cessé de lui demander ce qu'elle souhaitait. Il lui avait montré de mille manières combien elle avait raison de s'autoriser à explorer le désir entre eux. Peut-être lui avait-il aussi montré qu'il n'y avait rien de mal à vouloir quelque chose pour elle-même. De vouloir même davantage que ce qui était proposé.

Si elle pouvait être une princesse du peuple, une femme heureuse de profiter de son amant, une mère potentielle… Ne pouvait-elle être aussi une femme amoureuse de son mari – et être aimée de lui en retour ?

Les yeux de Frediano ne la quittaient pas, mais elle perçut sa méfiance. Il la désirait, peut-être même en était-il arrivé à l'apprécier. Cependant elle savait déjà qu'il ne l'aimerait jamais. Et pour cause, il ne savait pas aimer.

Il faisait preuve de compassion parfois, néanmoins, puisqu'il l'avait bercée pour la consoler. D'un certain côté, il comprenait.

Alors peut-être pouvait-elle lui apprendre à aimer.

Leur séjour touchant à sa fin, Frediano se surprit à redouter le retour au palais. Il savourait chaque minute de chaque journée ici au chalet. Se réveiller auprès d'Ilaria, partager avec elle le petit déjeuner, puis les leçons d'histoire. La voir s'agacer, comme lui-même tant d'années auparavant, devant la complexité des règles des dîners royaux. Plus surprenant, ce n'étaient pas seulement les nuits de plaisir avec elle qu'il attendait avec impatience. C'étaient leurs randonnées, l'après-midi.

Elles n'étaient pas sans risque. Le premier jour il avait failli se confier à elle sur la santé défaillante du roi, alors que l'information devait rester secrète pour le moment.

Puis Ilaria s'était décomposée au souvenir de son propre grand-père, et il avait senti une légère variation s'opérer en lui, comme le premier soir lorsqu'elle avait posé la tête sur son épaule. Il ne comprenait pas la douceur qui émergeait alors et s'imposait sans prévenir. Ces moments de bascule ne lui disaient rien qui vaille. S'il était plus sage, il mettrait le holà à ces randonnées.

Il l'emmenait tout de même marcher, obstinément, parce que… parce qu'elle incarnait l'espace de liberté dont il lui avait parlé.

À l'instant, elle venait d'escalader un promontoire et souriait des jeux du vent sur ses joues, la tête renversée. Elle tirait une joie si profonde des choses les plus simples.

De retour au palais elle ne serait plus libre d'offrir ainsi son visage au soleil. Ils seraient continuellement observés. Terminé, l'amour improvisé dans les champs, à ciel ouvert…

Son humeur s'assombrit à cette pensée. Il n'avait pas envie de la ramener en un lieu où elle serait malheureuse. Mais depuis quand le bonheur d'Ilaria avait-il pris une telle importance ? Le but du jeu était ailleurs : bien connaître cette femme, de façon à contrôler le jeu.

Objectif atteint. Sauf qu'il avait pris un peu trop ses aises dans le petit monde imaginaire qu'il avait créé pour la gagner à sa cause. Une partie de lui-même lui intimait de faire machine arrière, tandis qu'une autre, plus insistante, lui soufflait de profiter du peu de temps qu'il leur restait.

Sur son promontoire, Ilaria poussa un petit cri et s'écroula brusquement. Frediano se précipita.

Elle riait, assise au milieu des pierres, les cheveux et les habits en désordre.

— J'ai perdu l'équilibre ! s'exclama-t-elle d'un ton joyeux, les joues rosies, un doux sourire aux lèvres.

Elle aurait pu se faire très mal sur ces rochers pointus. Peut-être avait-elle l'habitude de grimper sur des terrains inégaux, mais l'idée qu'elle se blesse ici était insupportable.

— Vous devriez faire plus attention, grommela-t-il, réprobateur, la main tendue pour l'aider à se relever.

Mais elle était déjà debout, en train de brosser son pantalon. Avisant sa main elle sourit et la prit tout de même pour se remettre en chemin.

Un geste simple, signe d'une complicité bien plus douce que le désir qui lui fit l'effet d'un coup de poignard, sans qu'il saisisse bien pourquoi.

Ilaria leva la tête vers le sommet qui se dressait devant eux dans le lointain et demanda d'un ton léger :

— Vous voulez bien me raconter ?

— Quoi donc ?

— Ce qui s'est vraiment passé, le jour de la mort de vos parents, dit-elle avec un geste vers la montagne qui n'était pas le Monte Morte mais qui lui ressemblait beaucoup.

— Aucun intérêt, répliqua Frediano, crispé.

Le souvenir était encore vivace. La chute de sa mère, l'écho de son cri résonnant sur les pentes. Elle était hors de vue mais pas assez loin pour qu'il se méprenne sur l'accident.

— Je ne suis pas tout à fait d'accord, déclara Ilaria de cette voix neutre qu'elle avait si bien appris à moduler. Il semble que l'affaire ne se limite pas à ce que veulent bien raconter les livres d'histoire. Mieux vaut que je sois informée, pour éviter de dire des bêtises si l'on m'interroge à ce sujet.

Futée, avec ça. Frediano l'avait remarqué ces derniers jours. Au lieu de s'obstiner lorsqu'elle n'obtenait pas la réponse attendue, Ilaria l'observait, prenait son mal en patience et reformulait plus tard sa question jusqu'à lui soutirer l'information qu'il n'avait pas eu l'intention de lui donner.

— Cela pourrait aussi m'aider à me présenter à la presse sous un jour très différent de vos parents, ajouta-t-elle.

L'argument était perfide. Il s'appuyait sur son angoisse la plus profonde. Elle savait ce qu'elle faisait.

Lui accorder cette victoire le rebutait, mais il tenait à lui donner ce qu'elle voulait en ce dernier jour au chalet. De quoi s'assurer la docilité dont il avait besoin de sa part.

Pour autant, rien ne l'obligeait à lui faciliter les choses.

— Il est même nécessaire d'aborder ce sujet, dit-il. Lorsque nous aurons produit des héritiers nous devrons être au diapason pour évoquer leurs ancêtres.

Ilaria s'arrêta net. Elle lui tenait toujours la main. Perchée sur un petit rocher, elle était presque à sa hauteur. Elle en profita pour le regarder en face.

— Vous pourriez dire « avoir des enfants », Frediano, plutôt que « produire des héritiers ». Nous ne les fabriquons pas dans un laboratoire.

— Non, en effet.

Elle rougit. Frediano aurait aimé dévier vers des sujets plus agréables, mais elle ne lâcherait pas le morceau. Autant en finir rapidement.

— Dans ce domaine-là aussi, nous ferons en sorte d'apparaître aussi différents de mes parents que possible. Ils ne me confiaient jamais à des nourrices, c'était mauvais pour leur image de gens du peuple rebelles au protocole, vous comprenez. Mais ils n'aimaient pas non plus m'avoir dans les pattes. Ils s'amusaient juste à m'habiller, à m'apprendre des choses drôles à dire pour faire rire leurs amis, mais pas question de s'inquiéter de savoir si j'étais nourri ou bien portant.

Ilaria serra ses doigts. Frediano baissa les yeux sur leurs mains jointes. Que lui avait donc fait cette femme ? Il reprit dans un soupir :

— Nous aurons des nourrices, bien sûr, mais nos enfants nous connaîtront tous les deux. Ils recevront une éducation traditionnelle, de façon à être prêts à assumer leurs devoirs le moment venu.

Il balaya des yeux les cimes qui les entouraient. Il pouvait presque imaginer ces enfants fictifs en train de profiter comme leur mère de la nature environnante, avec les mêmes yeux verts et le même sourire.

— Ils devront aussi se savoir aimés et choyés, ajouta Ilaria.

— Si vous voulez, dit-il d'une voix étranglée.

— Je le veux. À présent, vos parents…

— Ils aimaient les activités de plein air. Jeunes, athlétiques, ils avaient besoin de bouger, de se lancer des défis. L'escalade libre leur plaisait parce que c'était dangereux et excitant, et parce que les gens les admiraient pour cela. Le Monte Morte était interdit d'accès. Il fallait donc à tout prix le conquérir à mains nues.

Ilaria se laissa glisser au bas du rocher et le surprit en posant l'autre main à plat sur son cœur.

— Alors qu'ils avaient un fils qui avait besoin d'eux ? C'était de la folie !

Frediano eut un rire amer.

— Besoin d'eux ? Toute ma vie s'est construite malgré mes parents… Ils m'ont posé au pied de la montagne, puis ils se sont préparés. Je devais rester là jusqu'à leur retour. J'avais de la nourriture et des couvertures, quelques livres, des jouets. C'était plus que ce qu'ils pensaient à emporter pour moi d'habitude.

— Vous étiez là ? se récria Ilaria horrifiée.

Frediano n'en avait parlé à personne. Pas même à son grand-père, mais le roi était déjà au courant puisque c'était lui qui l'avait retrouvé.

Mais aujourd'hui la main d'Ilaria sur son cœur et la douceur de son regard le réchauffaient. Le répit était si bienvenu qu'il ne put s'empêcher de poursuivre.

— J'ai entendu ma mère tomber, dit-il d'une voix sourde.

Le cri était si net encore, malgré les années. Parfois il se réveillait au milieu de la nuit, en sueur, avec le film qui passait en boucle dans sa tête.

— Frediano…

— Je n'ai pas vu mon père, mais d'une manière ou d'une autre j'ai compris qu'il était tombé lui aussi. Au début j'ai essayé de les rejoindre, mais je tournais en rond, et la nuit arrivait. La neige est impitoyable. J'étais perdu. J'étais sûr que j'allais mourir. Je suis resté là trois jours.

Les doigts d'Ilaria se crispèrent sur sa chemise. C'était si étrange. Elle n'avait pas connu ses parents, ils s'étaient rencontrés huit jours plus tôt seulement, pourtant elle semblait éprouver une peine sincère pour lui. Cette information la blessait, alors qu'elle n'était jusque-là au palais qu'un secret à garder coûte que coûte. Pour oublier.

À juste titre.

— C'est mon grand-père qui m'a retrouvé. Pas un aide de camp ni un des montagnards volontaires. Mon grand-père en personne.

Il tourna les yeux vers Ilaria. Une partie de lui-même avait besoin qu'elle voie et comprenne.

— Il m'a arraché à la glace et emmené en lieu sûr. Et lorsque l'histoire de la mort tragique et prématurée de mes parents est sortie dans la presse, alors que c'était l'occasion de se venger de tous les torts qu'ils lui avaient causés, il s'est gardé d'ajouter de l'huile sur le feu. Il a caché le fait qu'ils m'avaient laissé seul. Ainsi Vantonella a pu faire son deuil. À moi, il m'a donné du temps, plusieurs mois, pour récupérer et me préparer à l'abri des paparazzis.

Les yeux d'Ilaria s'étaient emplis de larmes. Pour lui. Frediano ne sut que faire de toute cette émotion.

— Son attitude a été digne et sage, dit-elle d'une voix tremblante.

— C'est la première chose aimable que vous m'ayez dite sur mon grand-père.

— Peut-être que je l'ai mal jugé, avoua-t-elle en baissant les yeux.

Il fronça les sourcils devant cette capitulation tranquille.

— Peut-être avez-vous de la fièvre, répliqua-t-il.

Elle rit à travers ses larmes.

— Cela n'efface pas ses erreurs, mais qui n'en commet pas ?

dit-elle, posant sa tête près de la main qui ne quittait plus son cœur. Il vous a donné l'impression que son amour dépendait de votre conduite. Que la maîtrise de soi comptait plus que tout… Au vu des circonstances, je peux comprendre que cette attitude vous ait permis à tous deux de surmonter ce drame. Je m'explique mieux maintenant votre dévotion envers lui… mais il y a une chose dont vous avez besoin et qu'il ne vous a pas donnée.

— Quoi donc, *tesoro* ?

Il aurait aimé pouvoir la garder là, sous le soleil, dans l'air pur des sommets, abandonnée contre lui comme si elle tenait à lui, tout compte fait…

— L'amour.

Ce mot le glaça.

Aimer, ce serait ne plus rien contrôler, comme pour le roi vis-à-vis de son fils à l'époque. Il ne pouvait pas courir ce risque. L'amour ruinerait tous les efforts accomplis pour maintenir son grand-père en vie.

— Il n'y aura pas d'amour, Ilaria. Je n'en ai pas l'usage.

Elle releva vivement la tête et le fixa un long moment sans prononcer un mot. Comme pour sonder les profondeurs de son âme.

Mais l'âme comme le cœur étaient deux choses incontrôlables, irresponsables. Il ne s'y fiait pas une seconde.

— Venez, dit-il. Il ne nous reste qu'un entraînement avant le dîner de noces royal samedi, et tout doit se dérouler à la perfection.

— Oui, Votre Altesse, dit Ilaria d'un ton détaché.

Frediano serra les dents. La pique ne devait pas l'atteindre. Il était solide. Tout était sous contrôle et le resterait.

12

Ilaria avait passé le reste de la journée à tenter d'assimiler l'image terrible de Frediano assistant à la mort de ses parents et tout près de mourir lui aussi. D'assimiler aussi la blessure qu'il gardait de l'épisode et refusait de reconnaître.

Toutes les défenses, tous les préjugés qu'elle avait à son encontre s'étaient désagrégés. Elle n'était plus qu'un cœur souffrant à la pensée de ce qu'il avait enduré, petit. Ce n'était pas un simple deuil, c'était un drame aggravé par la négligence, voire la maltraitance.

Pas étonnant qu'il tienne son grand-père en si haute estime... Le roi lui avait sauvé la vie, si bien qu'Ilaria révisait aussi la sévérité de son jugement sur sa personne.

Ce sauvetage ne faisait pas non plus de lui un saint. Privé d'amour dans l'enfance, Frediano ne savait ni l'accepter ni l'offrir aujourd'hui.

Elle était bel et bien tombée amoureuse de cet homme, alors que cette éventualité ne l'avait jamais effleurée. Un prince. Le petit-fils du roi qu'elle maudissait chaque jour depuis dix ans... Mais les êtres ne se résumaient pas à leurs familles ou leurs couronnes. Ils étaient le fruit de leurs propres choix hasardeux. La vie était tissée de choix, chez les princes comme chez les paysans...

Ils n'étaient pas si différents, en réalité. Ils cherchaient tous deux à maîtriser ce qu'ils pouvaient dans leurs univers respectifs. Mais elle avait toujours eu de l'amour. Quelqu'un vers qui se tourner. Quelqu'un à protéger ou à qui faire confiance. La dette qu'elle se sentait envers son grand-père n'avait pas pris le pas sur l'affection qu'elle lui portait ni sur celle qu'elle avait reçue de lui.

Frediano n'avait connu que le devoir. Elle voulait être celle qui lui apprendrait l'amour.

Et si tu n'y parviens pas ?

Son cœur se serra à cette pensée, mais elle devait y croire, car personne n'avait pris cette peine pour Frediano.

Être forte pour les autres, c'était sa nature profonde et aussi une façon d'exprimer son amour. Parfois c'était du sacrifice, comme accepter de quitter sa ferme et de changer radicalement de vie, mais aimer ce pouvait aussi croire en l'avenir, tout simplement.

Alors qu'elle comptait esquiver la leçon de danse après le dîner ce soir-là et monter seule dans sa chambre pour réfléchir tranquillement à ce que signifiait aimer Frediano et aux choix qui en découleraient, elle se retrouva à valser avec lui, puis à le suivre dans son lit et à se tourner vers lui, encore et encore, toute la nuit, cherchant une réponse à ces questions qui la hantaient.

Au réveil le lendemain matin, plus de mari. Pas de petit déjeuner tout prêt. Seulement une tenue pliée avec soin sur la chaise au pied du lit.

Un soupir lui échappa. La lune de miel était terminée.

Elle s'habilla et rejoignit l'aide de camp de Frediano qui l'attendait dans le salon.

— Votre Altesse, dit-il en s'inclinant. Vos bagages ont été faits et embarqués sur le jet. Le prince vous attend à bord.

— Merci, Eduardo.

Ilaria ravala sa déception. Elle commençait à connaître l'homme qu'elle aimait. Il voulait tout contrôler et s'agissant d'elle, ce n'était pas si facile. Il s'était donc isolé pour se protéger. Elle prendrait cela comme une victoire, plutôt qu'un camouflet.

Elle profita du trajet en voiture jusqu'à l'aérodrome pour affiner son plan. Frediano en avait sûrement fait autant...

Elle le trouva installé en cabine, son ordinateur ouvert devant lui, une pile de journaux posée sur le siège voisin. Rasé de frais, la mine sévère, il ne leva pas les yeux du téléphone qu'il tenait à la main.

— Bonjour, princesse.

— Bonjour, Votre Altesse, dit-elle posément, espérant le surprendre par son absence de réaction.

Il ne broncha pas. Ilaria s'installa en face de lui et se laissa distraire un moment par le décollage. Voler lui plaisait, en fin de compte. Sans Frediano elle ne l'aurait jamais su.

Décidée à ne pas engager la conversation, elle attendit. Une heure passa. Alors qu'elle était sur le point de rompre la promesse qu'elle s'était faite, Frediano se décida à prendre la parole sur le ton royal, emprunté, qu'elle détestait.

— Au dîner royal demain soir, je vous mettrai en contact avec la *signora* Costa. Elle vous secondera dans le choix des œuvres de charité que vous souhaiterez soutenir. Tant que vos devoirs de princesse n'en souffrent pas, tout sera possible.

— Même rentrer chez moi ?

— Tout voyage doit être approuvé par moi et mon personnel, mais vous serez libre de passer le temps qu'il vous plaira à Accogliente, dans la limite du raisonnable.

Il avait toujours les yeux rivés à l'écran de son téléphone. Comme s'il avait actionné un interrupteur pour redevenir l'homme qu'il était avant. Mais ce n'était qu'un masque, et elle avait les moyens de se faufiler en dessous.

— M'accompagnerez-vous pendant ces séjours chez moi ?

— Si cela sert notre image.

Image. Masque. Devoir. Autant de faux-fuyants à écarter pour se frayer un chemin vers le cœur de l'homme.

— Et si je porte déjà un enfant ? demanda-t-elle tout à trac, d'une voix qui tremblait un peu.

Silence. Les doigts de Frediano se crispèrent légèrement sur le portable.

— Nous avons un médecin au sein du personnel.

— Tant mieux… Mais je me référais à notre discussion d'hier. Vous disiez que l'amour n'était pas nécessaire, mais vous en donnerez à cet enfant, n'est-ce pas ?

Il ne l'avait toujours pas regardée.

— Je ne doute pas que vous puissiez lui suffire.

— Et c'est tout ?

— Quoi d'autre ?

— Quelque chose de plus que la statue de marbre qu'est devenu votre grand-père, répliqua Ilaria, bataillant maintenant pour refouler sa colère. Ce n'est pas un destin enviable. Je sais que le contrôle vous obsède, mais…

— Il est primordial, *tesoro.* Retenez la leçon à votre arrivée au palais, dans votre intérêt. Votre vie sera disséquée sous toutes ses facettes. Elle devra être irréprochable pour que les versements à votre petite ferme se poursuivent.

Les sentiments nouveaux qu'elle éprouvait pour Frediano lui avaient fait oublier son chantage. Elle tenta de rester calme face à ces mots blessants, mais elle n'avait pas le sang-froid du prince. Elle n'en voulait pas, du reste.

— Vous mettez le contrôle sur un piédestal parce qu'il vous a toujours échappé.

Là, enfin, il abaissa le téléphone et la transperça d'un de ces regards glacés qui l'avaient marquée le tout premier jour.

— Vous vous imaginez me connaître juste parce que vous avez été bercée par mes soins d'un faux sentiment de sécurité, le temps d'apprendre le protocole ? Vous vous faites des illusions.

Ilaria mit un moment à assimiler le sens de ces mots.

Elle aurait donc été victime d'un jeu de dupes toute cette semaine ? Elle aurait dû se sentir trahie, rester sous le choc. Mais Frediano la sous-estimait. Elle était douée pour déchiffrer les autres et elle voyait clair dans son jeu.

Alors elle se mit à rire.

Frediano tressaillit et se rembrunit. Peut-être croyait-il sincèrement aux histoires qu'il se racontait, songea-t-elle soudain. Peut-être excellait-il dans la maîtrise de soi parce qu'il s'obstinait dans le déni…

— Ah ça, vous m'avez bien bernée, Frediano ! Vous avez joué la comédie avec une efficacité admirable…

Elle se pencha en avant et poursuivit, un ton plus bas :

— Vous pouvez continuer à vous mentir, Frediano, mais votre corps, lui, ne ment pas. Vous tenez à moi. Ce n'est peut-être pas de l'amour, pour cela il vous faudrait vaincre la peur… Mais c'est plus qu'un simple rôle de comédien.

Un éclair traversa son regard avant qu'il ne s'abaisse de nouveau sur le téléphone.

— Pensez donc ce qu'il vous plaira, princesse.

Frediano n'ouvrit plus la bouche jusqu'à l'arrivée au palais. Il l'accompagna jusqu'à la porte de ses appartements, congédia d'un geste le personnel et se tourna vers elle.

Allait-il enfin lui dire un mot sincère ? L'embrasser, peut-être ?

— Il ne serait pas correct que nous partagions une chambre ici, déclara-t-il en s'inclinant. Nous nous verrons ce soir, au dîner, avec mon grand-père.

Trop ahurie pour trouver une réplique, Ilaria se borna à le traiter de lâche tandis qu'il s'éloignait dans le couloir.

Frediano entendit l'accusation d'Ilaria dans son dos, mais l'ignora comme il avait ignoré ses mots dans l'avion. Sa parole n'avait aucune importance. Ses sentiments encore moins.

Lui, n'avait pas d'états d'âme, seulement un plan à mettre à exécution.

Il régla quelques affaires demeurées en suspens durant son absence, passa une nouvelle fois en revue certains points pour le dîner de noces du lendemain. Puis il vérifia l'heure à l'horloge. Un rendez-vous avec son grand-père était prévu avant le dîner.

Ses occupations ne lui laissaient pas le loisir de penser à Ilaria. Pourtant il ne pouvait se défaire du sentiment de solitude qui l'envahissait lorsqu'elle n'était pas auprès d'elle. Sa présence était chaleur et lumière, et sa passion contagieuse. Elle s'impliquait dans tout ce qu'elle faisait, qu'il s'agisse d'aider les autres, de gérer sa ferme, de voler ou de randonner. Elle savourait le monde qui l'entourait.

Lui aussi, en sa compagnie.

Face à son repli, elle n'avait pas réagi comme prévu, loin de là. Le nombre de fois où elle s'était tournée vers lui dans le lit pendant la nuit, ses questions mesurées dans l'avion, son rire… Comme si elle ne croyait pas que cette lune de miel n'avait été rien de plus qu'un plan tactique.

Il s'était laissé un peu distraire en s'accordant trop de moments de plaisir, mais l'objectif était atteint en fin de compte, n'est-ce pas ? Il l'avait amadouée. Ilaria avait partagé son lit et appris le protocole. Jusqu'à se conduire en princesse accomplie sur le vol de retour.

Elle était peut-être même tombée amoureuse, ce qui lui offrirait un pouvoir supplémentaire sur elle. Comme l'amour pour son fils avait amené le roi Carlo à changer les lois pour le satisfaire et à affaiblir son cœur trop vulnérable.

Ce souvenir amer ne fit que passer, pour une fois. À la place, Frediano revit Ilaria grimper sur les rochers, son rire s'envolant dans les vents d'altitude…

C'était inacceptable. Terminé, ces moments seul avec elle. À présent qu'il avait obtenu ce qu'il voulait, il prendrait ses distances et bientôt il ne penserait plus du tout à elle.

Il se répéta fermement cela en s'acheminant vers le bureau du roi, qu'il eut la surprise de trouver assis dans un fauteuil, le visage très pâle.

— Grand-père, est-ce que vous vous sentez bien ?

— Seulement un peu fatigué, répondit Carlo en écartant d'un geste le sujet. Dis-moi, comment s'en sort ton épouse ?

— Ses manières seront irréprochables demain, je peux vous l'assurer. Comme elle souhaite lancer son action caritative au plus tôt, je lui présenterai la *signora* Costa et Noemi travaillera avec elle pour s'assurer que la presse couvre ses initiatives avec le respect dû à son rang.

— Voilà qui semble prometteur.

Son grand-père semblait si fragile aujourd'hui que Frediano prit rapidement congé et fit signe à l'aide de camp de le suivre dans le couloir.

— Le roi a-t-il consulté son médecin ?

— Nous l'avons fait venir mercredi, chuchota l'aide de camp. Le roi souffre, mais il refuse toujours l'opération.

— J'avais demandé qu'on m'informe de toute évolution de sa santé, dit Frediano, les dents serrées.

— Votre Altesse...

Visiblement mal à l'aise, l'aide de camp s'éclaircit la voix.

— L'ordre était de vous informer lorsque vous appelleriez pour faire le point. Or nous n'avons pas reçu d'appel depuis mardi et le roi ne souhaitait pas que l'on vous dérange.

Frediano ne bougea pas un cil, mais au-dedans de lui tout s'écroulait. Un drôle de bourdonnement retentissait dans ses oreilles...

Toute sa vie d'adulte avait été mise au service de son grand-père, manière pour lui de rembourser sa dette, et quelques jours avaient suffi pour détruire cela. L'irruption d'Ilaria avait bouleversé ses plans et l'avait mis sens dessus dessous. Et qui en avait pâti ? Pas lui, mais tout son entourage. Ilaria avait perdu son foyer. Son grand-père était en train de perdre sa bataille contre la maladie. Tout cela parce qu'il s'était laissé distraire par ses propres désirs, tandis que le roi était dans la souffrance. Inadmissible !

Frediano crispa les poings. Ilaria disait que l'amour était un sacrifice. Il semblait surtout inciter à abandonner le reste du monde.

Il avait échoué. Sur toute la ligne. Mais il était hors de question que son grand-père fasse don de sa personne pour lui.

13

Ilaria ne revit pas Frediano ce jour-là. En arrivant le soir, Noemi l'informa que le dîner était annulé car le roi était souffrant.

Elle ne sut que penser. Le prince serait-il lâche au point de prétexter un malaise de son grand-père ? Il avait évoqué à plusieurs reprises la santé du roi Carlo avec une retenue décourageant les questions. Peut-être s'agissait-il d'une alerte sérieuse.

Elle envisagea de braver l'interdiction et de s'aventurer dans ses appartements. Ils finiraient au lit sans doute, et ce fut précisément ce qui la retint. Un moment d'intimité ne résoudrait pas leurs problèmes. Il devait être prêt à exprimer ce qu'il ressentait et il avait besoin de temps pour cela.

Son personnel se présenta en tout début d'après-midi le lendemain, tout excité car il s'agissait de la préparer pour le dîner de noces royal. Ilaria avait réclamé la robe de perles du premier jour. Sachant qu'elle plaisait à Frediano, elle l'utiliserait à son avantage.

Autant se l'avouer, elle avait un trac fou. Le miroir lui renvoyait l'image d'une inconnue. Normal, on attendait d'elle une conduite de princesse ce soir. En public.

Tu as appris, tu t'es entraînée.

Elle s'efforça de respirer comme il le lui avait appris sur la terrasse. Inspirer, compter jusqu'à trois, expirer. Lorsque Frediano arriva enfin, sanglé dans un élégant smoking noir, elle sourit à son séduisant époux. Si grand, si strict.

— Charmante, dit-il d'une voix mécanique en évitant son regard.

Sans un mot, Ilaria prit le bras qu'il lui offrait et se laissa conduire jusqu'à la salle de bal.

Il garda le silence, retranché dans sa coquille, tandis que les aides de camp préparaient leur entrée. Pas un conseil, pas le moindre mot de réconfort. Il s'était encore passé quelque chose, mais quoi ?

— Tout va bien ? demanda-t-elle.

— Oui, pourquoi ?

— Votre grand-père. Est-ce qu'il se sent mieux ?

Frediano pinça les lèvres.

— Le moment est venu d'entrer, princesse.

Il l'entraîna dans le salon de réception déjà bien rempli.

Ilaria se sentit vaciller comme l'autre jour au moment de sortir sur la terrasse. Tant de regards braqués sur elle. Tant de visages inconnus… Mais cette fois elle était préparée et elle tenait à impressionner son époux afin qu'il voie de ses yeux qu'elle pouvait être tout ce dont il avait besoin.

Alors elle s'appliqua, salua, fit la révérence, sourit et s'efforça de faire connaissance avec ses invités. Les brèves biographies établies sur chacun d'eux qu'elle avait étudiées avec Frediano au chalet se révélèrent utiles.

Elle s'était toujours intéressée aux autres. En retour, on se confiait facilement à elle. Son grand-père lui avait souvent dit qu'elle avait le chic pour délier les langues. Discuter ici et là l'aida même à se détendre.

Comme promis, Frediano la présenta à la *signora* Costa, une femme d'un certain âge qui se déclara ravie d'avoir le soutien de la princesse. Ilaria prit plaisir à échanger avec elle sur les œuvres de bienfaisance déjà engagées et les projets en cours.

— Peut-être pourriez-vous convaincre votre époux de communiquer plus largement sur son travail caritatif ?

Ilaria dévisagea avec stupeur son interlocutrice, qui précisa :

— Il est très généreux de son temps comme de son argent, mais la presse est systématiquement tenue à l'écart. Il est inflexible sur ce point. Or un minimum de publicité sur nos initiatives nous aiderait à recruter des donateurs.

Ilaria comprit avec un pincement au cœur que Frediano cachait aussi le bien qu'il faisait autour de lui tant il craignait qu'on l'accuse de chercher à attirer l'attention comme ses parents.

Lorsqu'il réapparut à son côté, il se comporta comme le clone parfait du roi Carlo, détaché, l'air absent. Elle commença à s'inquiéter pour lui, mais son angoisse fut balayée par l'annonce de l'arrivée de son oncle Giovanni, qui fit son entrée accompagné de sa tante.

Un instant, Ilaria oublia tout ce qu'elle avait appris et pratiqué assidûment, submergée par une vague de rage. Sans cet individu, tout serait différent. Son père serait encore en vie. Elle serait chez elle, dans sa ferme...

— Ce n'est pas le moment, *tesoro*, chuchota Frediano.

Il avait raison.

Ilaria déglutit, rassurée par ce bref retour du Frediano doté d'un cœur, la main ferme sur ses reins et le regard vissé sur Giovanni. Il sourit en accueillant le couple.

— Giovanni. Madame Avida. Nous sommes très honorés de vous compter parmi nous ce soir.

— Nous trouverons certainement un moment pour discuter en privé, dit Giovanni.

Ilaria ne récolta de sa part qu'un bref regard chargé de haine et lui sourit en retour. Qu'il la déteste donc autant qu'elle le détestait !

— Rien n'est moins sûr, déclara Frediano. Il ne s'agit pas d'un dîner d'affaires, Giovanni. Nous célébrons mes noces. Avec votre nièce. Raison pour laquelle vous avez reçu une invitation.

C'était un camouflet en bonne et due forme, quoique feutré et tout en douceur. Ilaria coula un regard surpris vers son époux. Le protocole exigeait davantage de courtoisie, elle le savait.

— Je suis si heureuse pour toi, Ilaria, dit sa tante. Je...

Un regard assassin de Giovanni la réduisit au silence. L'arrivée d'un autre couple les propulsait déjà tous deux vers la salle à manger.

Enfin, on vint les chercher pour les conduire vers leur table.

Ilaria s'efforça de ne pas grimacer en découvrant qu'elle avait été placée à côté de son oncle.

— Que chacun s'installe et festoie ! déclara le roi depuis le bout de table.

Ilaria le trouva un peu pâle. Peut-être était-il réellement souffrant. Et si c'était plus grave qu'elle ne le croyait ?

Frediano tira la chaise à son intention. Elle s'assit comme convenu, imitée ensuite par les autres convives.

Tout ce qu'il lui avait appris lui revint en mémoire. Elle utilisa les bons couverts, sourit et conversa lorsqu'on s'adressa à elle. De quoi rendre fier son mari.

— Sire, vos dîners sont toujours exquis, déclara Giovanni en raclant son assiette, un son qui déchira l'oreille d'Ilaria.

— Merci, Giovanni, dit le roi.

Ilaria le regarda. Il souriait et s'exprimait sur un ton cordial, mais la chaleur était absente de ses mots comme de ses yeux. Elle s'était toujours imaginé le roi et son oncle grands amis, riant du petit peuple dont ils se souciaient si peu... Mais le roi Carlo se souciait-il de quoi ce soit ?

— Vous faites désormais partie de la famille, reprit-il avant de porter son verre de vin à ses lèvres.

En buvant il eut un tressaillement imperceptible. Ilaria tourna les yeux vers Frediano, dont le visage s'était fermé un peu plus.

— J'aime à le penser, lui renvoya Giovanni en posant sa main sur l'épaule d'Ilaria.

Un geste affectueux en apparence, mais la pression lui fit mal. Du coin de l'œil elle vit Frediano fixer ces doigts cramponnés maintenant à son épaule. Il esquissa même un geste comme pour les retirer de là lui-même. Ce serait une catastrophe pour toutes sortes de raisons, aussi se leva-t-elle d'un bond.

— Vous voudrez bien m'excuser un court moment, dit-elle, souriant à la cantonade, attentive à garder une voix douce et égale. Je reviens tout de suite.

Là-dessus, elle s'éclipsa vers les lavabos. Difficile de se rafraîchir le visage sous peine de ruiner son maquillage, mais une brève pause au calme lui permettrait de respirer.

Par chance, l'endroit se révéla désert. Mais contemplant cette étrangère dans le miroir, Ilaria songea avec nostalgie au chalet. Il lui manquait presque autant que sa ferme. Elle ne voulait pas de cette vie factice dans le luxe. Pourtant...

Elle aimait son mari, et si l'amour était un sacrifice... elle se sacrifierait volontiers pour lui. Car derrière ses conflits intérieurs, il y avait un être soucieux de bien faire. D'être dans le juste. Comme son père à elle et son grand-père. Or qui, parmi les souverains, s'embarrassait de justice ?

Frediano, lui, tenait à honorer son pays. Oh ! Il empruntait des voies tortueuses pour cela, il s'obstinait à vouloir tout maîtriser, mais l'intention était bonne et, s'il travaillait à surmonter les blessures du passé, peut-être pourrait-il même se reconnaître comme une belle personne. Assez belle pour aimer et être aimé.

Tout cet amour en elle donna à Ilaria la force de retourner dans la salle de bal, prête à en découdre avec la foule, son oncle et tous ceux qui auraient l'audace de les contrarier, elle et son prince.

— Ilaria.

Elle sursauta et releva les yeux. Planté dans le couloir face à la porte des lavabos, Giovanni semblait l'attendre, l'air renfrogné et le teint rougeaud après avoir abusé du vin au dîner, sûrement. Ilaria fut aussitôt en alerte. Il n'était pas plus grand qu'elle, mais se servait depuis toujours de sa carrure respectable pour intimider son entourage.

— Tu vas payer pour ce que tu as fait à ma fille...

— À ta fille ? Tu veux dire pour ta fille ? rectifia Ilaria le menton haut, avec le même calme dédaigneux que son oncle. Je l'ai sauvée de tes manigances et de ton manque de cœur !

— Des manigances qui auraient fait d'elle une princesse, riche, puissante. Sort sur lequel tu crachais il n'y a pas si longtemps. Aujourd'hui tu portes une robe putassière et tu couches avec le prince...

Ilaria accusa le coup. Cette attaque comportait un fond de vérité. Elle n'avait pas souhaité entrer dans la famille royale, mais elle avait vite renoncé à fuir. Elle avait accepté les gratifications, ou le chantage, selon le point de vue. Et oui, elle avait partagé le lit du prince. Cette robe de luxe qu'elle portait ce soir l'aurait écœurée naguère. Elle avait appris l'étiquette et savouré un grand cru...

Elle n'était qu'une hypocrite.

— Je ne te voyais pas comme une petite traînée sournoise, ajouta Giovanni sur le ton de la conversation.

Il lui saisit fermement le bras pour l'attirer à lui.

— Au moins tu as été assez futée pour emballer un prince, chuchota-t-il. Pas comme ta sale garce de mère qui n'aura jamais écarté les jambes que pour un fermier.

Un son inarticulé sortit de la gorge d'Ilaria, un cri étouffé où se mêlaient douleur, fureur et dégoût. D'un geste vif, elle dégagea son bras et leva la main au moment où son oncle tournait vivement la tête vers sa droite.

Frediano les observait. La main d'Ilaria retomba, inerte. Témoin de la scène, il n'avait pas pu se méprendre sur ses intentions. Gifler le ministre de l'Énergie, au cœur du palais, pendant le dîner de noces royal. Avec la presse en embuscade, à l'affût du moindre déraillement...

Elle avait perdu son sang-froid. Jamais il ne lui pardonnerait.

Aveuglé par la fureur, Frediano ne bougea pas tout de suite, de peur d'étrangler cet individu qui avait osé poser la main sur sa femme. Si le hall était désert, la moitié de Roletto se trouvait derrière ces portes. Il devait se retenir à tout prix.

Mille choses lui passèrent par la tête. Il n'en retint qu'une, la plus claire : il ne supporterait pas plus longtemps de voir la princesse à proximité de son ignoble parent.

Il s'avança, à peine conscient de son propre corps, encore moins du monde extérieur. Devant ses yeux dansait l'image d'Ilaria arrachant son bras à la poigne de Giovanni Avida. Ilaria se défendant seule parce qu'il ne l'avait pas protégée.

Il se glissa derrière elle et l'enlaça. Elle tremblait.

— Si je vous revois poser la main sur ma femme, Giovanni, vous n'aurez plus de mains du tout, dit-il du ton sur lequel il aurait déclaré préférer le poulet au saumon.

Le ministre en resta bouche bée.

— Qu'est-ce que vous venez de me dire ?

— Vous m'avez bien entendu. À présent, je vous suggère de disparaître de ma vue.

— Je suis le ministre de l'Énergie de votre grand-père ! Comment osez-vous...

— Je suis le prince Frediano Montellero de Vantonella et par deux fois je vous ai vu maltraiter ma femme. Estimez-vous heureux que je n'aie pas réagi de façon moins gracieuse encore.

— Elle est ma nièce. Vous étiez censé épouser ma fille !

— Peut-être auriez-vous dû traiter Sophia avec davantage d'égards. Moi aussi, du reste. Mais elle est heureuse maintenant et je m'assurerai qu'elle le reste. Comme je veillerai à ce qu'Ilaria obtienne tout ce qu'elle pourra désirer. Maintenant, je vous donne une dernière chance de quitter dignement le palais.

— Dignement ? Alors que vous avez rompu votre promesse ? Je veillerai, moi, à informer la presse du genre d'homme que vous êtes, Frediano. Quant à votre femme, dit Giovanni, l'index pointé vers Ilaria, cette petite menteuse, cette racaille d'Accogliente...

Frediano n'entendit pas le reste. Son poing s'écrasa sur la figure de Giovanni qui tituba en arrière en hurlant tandis qu'Ilaria étouffait un hoquet.

Une rafale de déclics d'appareils photo le ramena brutalement sur Terre.

Sa vie était fichue. Par sa propre faute.

14

Ensuite, tout alla très vite. Encore sous le choc, Ilaria vit arriver une escouade de gardes pour chasser les photographes tout en évacuant Giovanni dont le nez saignait abondamment. Frediano resta figé, le poing serré, les yeux braqués sur l'endroit où se tenait Giovanni un instant plus tôt.

— Votre Altesse, dit Eduardo, les yeux exorbités, en se tordant les mains. C'est le moment de la danse.

Frediano se redressa enfin et tourna vers Ilaria un regard vide. Il n'était plus que l'ombre de lui-même.

— Vous allez bien ?

Était-ce bien une pointe d'anxiété qui affleurait dans sa voix ? se demanda-t-elle, ébahie, tout en hochant la tête.

Frediano lui présenta son bras, elle y posa le sien d'un geste tout aussi mécanique. Tandis que le personnel du palais s'affairait autour d'eux et chuchotait dans les coins, ils s'acheminèrent lentement vers la piste.

Quel moment étrange. Ilaria ne s'inquiéta ni des pas, ni de son oncle, ni de la presse. Son attention était entièrement concentrée sur son mari, si raide, si pâle. Si brisé.

Il avait affirmé un jour que les princes restaient debout quoi qu'il arrive. Elle venait de provoquer sa chute, elle le savait. Il avait perdu son sang-froid. Pour elle.

— Frediano, souffla-t-elle, vous pouvez sûrement expliquer les circonstances aux journalistes et…

— Les circonstances, ils s'en moquent. Ils veulent une histoire, et je viens de leur en donner une. Nos aides tenteront de l'étouffer et n'y parviendront pas. C'est un échec.

Son ton monocorde fendit le cœur d'Ilaria. Même dans un moment aussi dramatique, aucune émotion ne perçait.

— Frediano, regardez-moi. Tout le monde commet des erreurs. Là… Est-ce vraiment si grave que vous ayez pris ma défense ? Notre défense ?

— Si je m'étais retenu, non, ce ne serait pas grave. Mais j'ai perdu le contrôle. Si bien que cet incident, comme tout ce qui vous concerne, est un naufrage.

Ilaria avala sa salive.

— Je vois. Tout est ma faute…

— Non, c'est moi qui ai commis une faute après l'autre depuis le début. À présent je dois donc réparer.

Il la fit tournoyer sur la piste jusqu'à la nausée. Elle faillit se mettre à pleurer devant tout le monde.

— Il n'y a qu'une chose à faire, reprit-il d'une voix de plus en plus lointaine. Vous retournerez à Accogliente. Nous vivrons des vies séparées, à l'insu de la presse.

— Quoi ?

— Sauf urgence, nous n'aurons plus aucun contact.

Ilaria ne trouva rien à répondre. Ce revirement n'avait aucun sens. Lorsque la musique s'arrêta, il lâcha sa main, s'inclina. Elle resta hébétée jusqu'à ce qu'un regard appuyé de Frediano l'amène à fléchir les genoux dans un semblant de révérence.

La soirée était terminée pour eux. À la sortie de la salle de bal, Frediano accéléra le pas. Elle lui courut après.

— Vous ne pouvez pas m'ordonner de rentrer chez moi comme ça !

— Mais si.

Elle s'élança et lui barra le passage sans un mot.

Alors, enfin, un éclair traversa le regard de Frediano.

— À cause de vous mon sang-froid m'a lâché. Tant que vous serez proche je le perdrai encore et encore jusqu'à ce qu'il ne reste que des ruines. Je ne permettrai pas cela.

Elle tendit la main vers lui, mais il recula d'un pas.

— Ce qu'il y a entre nous n'est pas voué au désastre...

— Et qu'est-ce que ce serait, Ilaria ?

— L'amour, Frediano, dit-elle, les larmes aux yeux.

Il secoua la tête.

— Pour moi c'est du pareil au même. Ne voyez-vous pas ce que j'ai fait ?

— Vous êtes venu à mon aide. Vous avez pris soin de moi et, ce faisant, vous m'avez permis de vous rendre la pareille. Selon vous, parce que vos parents n'ont pas su vous donner de l'amour, ou parce que votre grand-père n'est pas doué pour montrer le sien, vous ne méritez pas d'en recevoir ?

— Le prince de Vantonella mérite tous les honneurs, *tesoro.*

— Ceci est une dérobade et vous le savez très bien ! répliqua Ilaria, la colère le disputant au désespoir.

— Pas du tout. Mon rôle, mon seul rôle, est de maintenir mon grand-père en vie, vous m'entendez ?

À ces mots Ilaria se sentit flancher.

— Oh ! Frediano... Que voulez-vous dire ?

— Mon grand-père souffre de problèmes cardiaques. Les médecins conseillent une opération pour déboucher les artères. D'après eux son état est incompatible avec le stress et les exigences de son emploi du temps. Je lui ai promis un mariage exemplaire, aux antipodes de celui de mes parents, afin qu'il accepte d'abdiquer pour se soigner. J'ai craint pour sa vie lors de votre petit numéro en public sur la terrasse...

— Vous vous trompiez.

— En effet. Et c'est moi, ce soir, qui ai commis l'irréparable. Il y verra les stigmates de la conduite irresponsable de mon père. Il n'abdiquera pas et sa vie sera abrégée d'autant. Parce que je n'ai pas réussi à me contrôler.

— Votre rôle n'est pas de vous contrôler pour le sauver, Frediano.

— C'est vous qui me reprochez de vouloir sauver quelqu'un ?

Là, il marquait un point.

Ilaria y vit cependant le signe qu'il l'avait comprise. Cela, parce que tout au fond, sous sa peur, il l'aimait aussi.

— On peut aider les autres, mais on ne peut pas choisir à leur place…

— En l'occurrence, c'est moi qui choisis. Vous rentrerez chez vous, princesse.

Il la regarda enfin, avec dans les yeux un semblant de douceur et même… de regret.

— Je vous rends à la vie que vous aimiez tant.

Étonnant comme Ilaria répugnait maintenant à retrouver sa vie d'avant. Elle ne voulait pas rentrer à la maison. Elle voulait rester auprès de Frediano. Ce revirement si brutal et irrévocable la crucifiait.

— Mais je vous aime ! s'écria-t-elle.

— Et moi je ne sais pas aimer, répliqua le prince en tournant les talons.

Frediano n'attendit pas d'être convoqué par son grand-père après le dîner. Il se posta dans le couloir, les yeux sur la porte de son bureau, et patienta des heures sans bouger.

Il ne ressentait rien. Un gouffre s'était creusé en lui, où résonnait l'écho de ses échecs. Il avait détruit tout ce qu'il avait tenté de construire et condamné son grand-père à la mort, tout cela pour assouvir une petite vengeance personnelle.

Le roi apparut enfin, suivi de deux aides de camp, dont l'un portait une liasse de documents.

— Entre, dit-il.

Frediano le suivit à l'intérieur. L'aide de camp étala sur le bureau ce qui se révéla être une impression papier des gros titres de la presse en ligne en temps réel. Frediano aperçut une photo montrant Giovanni, l'air mauvais, la main serrée sur le bras d'Ilaria et sentit la colère revenir.

— Frediano, tu t'es conduit comme l'aurait fait ton père, dit le roi d'une voix épuisée.

Frediano releva vivement la tête.

Cette pique était la plus cruelle de toutes et elle émanait de son grand-père, son roi, l'unique personne qui l'ait aidé dans sa vie. Il ferma les yeux malgré lui, déboussolé, anéanti.

— Je ne peux que vous présenter mes excuses pour les dommages causés, grand-père, bredouilla-t-il.

— Explique-moi plutôt le déroulement exact des faits qui ont mené à cette... cette altercation. Les récits sont contradictoires, dit le roi en désignant la photo de Giovanni et Ilaria. Je veux savoir la vérité avant de décider des mesures à prendre.

Frediano relata de son mieux l'histoire de façon pertinente. Il évoqua la conduite inacceptable de Giovanni envers Ilaria, mais ne fit rien pour édulcorer ses propres manquements.

— Il s'apprêtait à lever de nouveau la main sur Ilaria, alors, hélas, j'ai perdu mon sang-froid et je l'ai frappé.

Si Giovanni n'était pas tombé, il aurait sûrement recommencé.

Le roi garda un moment le silence, tapotant du doigt les feuilles étalées devant lui. Puis il soupira.

— Dans ce cas, tu t'es conduit en homme d'honneur, je suppose.

Frediano crut avoir mal entendu.

— Pardon ?

— Giovanni a beau être mon ministre de l'Énergie et son oncle, tu pouvais difficilement le laisser traiter ta femme ainsi. Tu aurais peut-être pu privilégier les mots plutôt que les poings, mais... nous devrions pouvoir limiter les dégâts.

Frediano tombait des nues. Il s'attendait à un blâme sévère, des doléances sur le choix discutable d'une épouse qui se serait mal comportée. Et voilà que ses erreurs étaient justifiées. Pardonnées, même. Comme l'avait été le discours si peu conventionnel d'Ilaria le premier jour.

Les paroles de la princesse lui revinrent alors en mémoire.

Parce que vos parents n'ont pas su vous donner de l'amour, ou parce que votre grand-père n'est pas doué pour montrer le sien...

Il n'avait pas envie de croire son grand-père inapte à quoi que ce soit, mais...

À chaque erreur de sa part, à commencer par le choix d'Ilaria, il avait tout fait pour rattraper le coup. Cette fois, dans cette débâcle publique, le roi était impuissant, mais quoique déçu, loin de le blâmer il s'attelait encore à résoudre le problème. Il ne s'était pas emporté. Il ne l'avait pas privé de son titre. Certes, il l'avait comparé à son père, mais aussitôt il avait balayé la chose d'un revers de main. Comme toujours.

Frediano n'avait pas conscience jusqu'ici du cadeau qui lui était ainsi offert. Et si c'était une façon pour son grand-père de lui témoigner son… son amour ?

Bouleversé, il tenta de résister à l'évidence, mais la voix d'Ilaria insistait dans sa tête…

— J'ai renvoyé Ilaria chez elle. J'ai pensé qu'il valait mieux mettre de la distance entre nous.

Carlo haussa les sourcils.

— Elle est ton épouse.

Son épouse, oui. Qui lui avait déclaré qu'elle l'aimait. Quel choc de s'apercevoir à quel point elle avait raison ! Cet amour le terrifiait. Loin d'assumer ses propres sentiments il l'avait renvoyée pour reprendre le contrôle et se protéger.

Mais où qu'elle soit, les sentiments subsisteraient. Frediano releva les yeux vers son grand-père.

— Mais je… j'ai bien peur de l'aimer. J'ai baissé la garde. Je l'ai protégée et, ce faisant, j'ai manqué à mes devoirs. Il est dans l'intérêt de la Couronne que… que je l'éloigne pour…

Il n'avait pas buté ainsi sur les mots depuis ses huit ans.

— L'amour n'est pas à craindre, dit le roi, l'air étonné. J'ai profondément aimé ta grand-mère, ajouta-t-il avec un geste vers le portrait royal accroché au mur derrière lui.

— Vous ne parlez jamais d'elle, murmura Frediano.

Une lueur presque mélancolique traversa le regard du roi.

— Elle me manque chaque jour. Elle était tout pour moi. Mon cœur, mon équilibre. Après l'avoir perdue j'ai failli en essayant de compenser son absence auprès de ton père. Peut-être t'ai-je déçu, toi aussi.

— Moi ? Mais vous m'avez sauvé ! Je ne vous ai jamais remercié pour tout ce que vous avez fait pour moi…

— J'ai essayé de t'aimer autrement que j'ai aimé ton père.

J'espérais me racheter de mes erreurs, de mon indulgence excessive. Tu es si respectueux, si bon. Je pensais avoir réussi.

Il reprit laborieusement son souffle avant d'ajouter :

— On n'a pas à remercier quelqu'un qui vous aime. Tu es mon petit-fils, tu ne me dois rien.

Frediano ne sut comment accueillir cette information. Ils n'avaient jamais discuté ainsi. Ce ne serait jamais arrivé si Ilaria n'avait abordé le sujet de l'amour.

Carlo se renversa contre son dossier, le visage blême. Frediano, en pleine confusion, entrevit soudain une chose qui lui avait échappé jusque-là. S'il refusait d'abdiquer, c'était parce qu'il n'écoutait que son devoir. Et non l'amour.

— Vous ne m'avez jamais déçu, grand-père, dit-il. Vous m'avez tout donné. Chacun de mes choix...

Autant d'erreurs qu'il ne devait qu'à lui-même. Ce n'était pas la faute de son grand-père si l'amour lui semblait une faiblesse. Il avait choisi le contrôle, comme le lui reprochait Ilaria, parce qu'il n'en avait aucun dans l'enfance.

Le roi lui avait toujours appris à assumer ses erreurs et à en retirer une leçon. À changer. Le regardant aujourd'hui lutter pour sa vie, Frediano comprit qu'il devait lui mettre la pression, même si le moment ne s'y prêtait vraiment pas.

— Il est temps, je crois, de m'expliquer plus clairement sur mon souhait que vous abdiquiez.

Le visage de Carlo se crispa. Qu'à cela ne tienne, s'il s'agissait ici d'amour et non de devoir, l'essentiel était d'exprimer cet amour.

— Vous êtes un grand roi, j'aimerais que Vantonella puisse profiter longtemps encore de votre commandement, mais je ne veux pas vous voir mourir si tôt. Je souhaite que mes futurs enfants découvrent l'homme qu'est leur arrière-grand-père par eux-mêmes et non à travers mes souvenirs.

À ces mots, pour la première fois l'émotion affleura sur le visage du roi. Frediano poussa aussitôt son avantage.

— Je ne veux pas régner pour régner. Je veux que vous preniez soin de votre santé.

Le roi se tut, le temps de se ressaisir.

— Je vais réfléchir à tout ce que tu m'as dit, Frediano.

Là-dessus, il se leva et vint poser la main sur son épaule.

— Tu me fais honneur, dit-il. Et tu seras un grand roi.

— Grâce à vous, Votre Majesté, dit Frediano, s'inclinant devant cet homme qui lui avait donné de l'amour à son insu.

En quittant le roi, il savait enfin ce qu'il devait faire.

15

Ilaria s'abstint de se rebeller contre le garde qui la ramenait à Accogliente. L'homme qu'elle aimait était brisé. Rester auprès de lui n'aurait pas arrangé les choses.

En arrivant à la ferme, sa maison, tout lui parut étrange. Elle serra chacun dans ses bras et passa la nuit dans son ancienne chambre, dans son vieux lit, seule et malheureuse.

Cela semblait tellement injuste. Cet homme qu'elle ne connaissait pas un mois plus tôt avait fait irruption dans sa vie et avait tout chamboulé. Il l'avait changée, elle, de façon irrévocable, et puis il l'avait renvoyée.

Il avait saccagé sa vie, et elle l'avait laissé faire.

Non !

Ilaria se redressa dans le lit, le cœur battant, les yeux gonflés après avoir dormi par bribes. Il était tard déjà, le soleil entrait à flots par les fenêtres du *cottage*. Un soupir de frustration lui échappa. Tout semblait aller de travers.

Tu dois redresser la situation.

C'était sa spécialité depuis toujours. Elle prenait les choses en mains et s'attelait à résoudre les problèmes. Frediano avait souffert la veille, que n'était-elle restée pour panser ses blessures ? Pourquoi ne pas l'avoir défendu alors qu'il était à terre ? Parce qu'il était prince ? Elle était princesse maintenant, après tout ! Et l'amour était son affaire. À elle de se battre pour le faire triompher.

Elle s'habilla rapidement. Tout le monde étant au travail dans les champs à cette heure, elle sortit à son tour se mettre en quête d'un volontaire qui l'emmènerait à la gare.

Les sentiers de ses montagnes ne lui procurèrent pas le réconfort familier. Oh ! Elle espérait bien amener un jour ici ses futurs enfants pour batifoler dans la nature avec eux, mais son foyer était désormais auprès de son mari, l'homme qu'elle aimait et qu'elle avait besoin de sauver.

Apercevant enfin une silhouette au loin, elle pila net.

L'homme était grand, d'une carrure solide. Le vent ébouriffait ses cheveux bruns...

Même à cette distance, Ilaria sut que c'était lui.

Un instant, elle le contempla sans bouger. Quelques moutons s'agitaient autour de lui. Il discutait avec Roberto, un des jeunes garçons. Lorsqu'il tourna la tête pile dans sa direction, Ilaria se sentit obligée d'avancer.

Là-bas elle le vit se pencher pour dire un mot à Roberto qui agita la main pour la saluer de loin et s'éclipsa, les moutons trottinant à sa suite. Puis il se mit en marche.

Ils se rejoignirent dans une petite prairie.

Ilaria désigna d'un geste les deux agneaux qui l'avaient suivi, curieux de cette nouveauté sans doute.

— Ils vous aiment bien, dit-elle, haussant la voix pour se faire entendre dans le vent.

— Voilà mon rêve le plus fou devenu réalité !

— Que faites-vous ici ? demanda Ilaria, recouvrant son sérieux.

— À votre avis ?

— Vous m'avez renvoyée hier soir. Nos vies devaient se séparer là. Vous avez dit que vous ne pourriez jamais aimer. Et maintenant vous voilà...

Il tendit la main et lui caressa la joue.

— Ah, *tesoro*. Je suis venu vous chercher, parce qu'il n'y a que vous.

Le cœur d'Ilaria bondit dans sa poitrine. Frediano se rapprocha. Il y avait quelque chose de changé sur son visage et dans sa manière de lui parler. Il y avait... de la chaleur.

— Hier soir, j'ai parlé avec mon grand-père. J'avais le sentiment d'avoir manqué à mes devoirs envers lui et lui, de son côté, pensait la même chose. Il m'a fait remarquer qu'on ne disait pas merci en amour…

Ilaria se redressa. L'envie était forte de le prendre dans ses bras, mais elle avait aussi besoin des mots qu'elle désespérait d'entendre, si bien qu'elle se contint.

— Pour une fois, je suis d'accord avec votre grand-père.

La bouche de Frediano s'incurva. Un vrai sourire ! De ceux qu'elle n'espérait plus voir un jour sur son visage…

— J'avais vos paroles en tête. Elles ont changé ma manière d'appréhender les choses. De considérer le roi. De me voir, moi, dit-il, cueillant son visage entre ses paumes. Vous m'avez appris à regarder au-delà des murs derrière lesquels je me retranchais. À trouver le courage de faire face à tous ces sentiments qui étaient pour moi des ennemis. Je m'appliquais à les bannir alors qu'ils me donnaient une force dont je n'avais pas du tout conscience. Et je me suis toujours considéré comme un homme plutôt solide !

Ilaria eut un drôle de rire un peu étranglé, presque un sanglot. Frediano l'attira dans le cercle de ses bras tout en la fixant droit dans les yeux. Son regard était sombre, exigeant, mais il n'avait plus rien de froid.

— J'avais peur de l'amour. Il avait brisé mon grand-père… Je croyais que ce que j'éprouvais me dépassait, et c'est peut-être le cas, mais quelquefois le contrôle est très surfait. Je ne peux pas vous offrir toute la liberté que vous méritez, ajouta Frediano. Mais je ferai mon possible pour vous donner ce que vous souhaiterez. Je suis prêt à tous les sacrifices pour vous.

Les mots du prince, son attitude…

Ilaria prit soudain conscience qu'elle aussi s'était trompée.

— Peut-être avions-nous tort tous les deux, Frediano. Vous sacrifier pour moi ? Non, ce n'est pas ce que je veux.

— Moi non plus je ne veux pas vous entendre parler de sacrifice, *tesoro*.

— Alors le secret est peut-être dans l'équilibre ? Donner, recevoir, dit-elle, posant la main sur son torse puis levant celle de Frediano pour la poser sur sa propre poitrine.

— Quitter cette ferme serait un sacrifice pour vous.

— Rester le serait aussi. Car je vous aime, Frediano. J'aime l'homme que vous êtes lorsque vous vous autorisez à écouter votre cœur. Je veux construire avec vous une vie dans cet équilibre. Nous consentirons l'un et l'autre des sacrifices, au nom de l'amour. Et nous ne voudrons pas que l'autre se sacrifie, pour la même raison.

— Je vous aime, Ilaria, chuchota Frediano en retour avec toute la révérence due à ces paroles, même dans les rafales du vent d'altitude. Je souhaite n'être jamais séparé de vous. Nous devrons passer l'essentiel du temps dans la capitale, mais nous séjournerons ici l'été. Nos enfants connaîtront cet endroit aussi bien que le palais. Nous aurons un vrai mariage d'amour et le moment venu, vous serez une reine admirable. Nous bâtirons une vie ensemble et, si le destin nous met à l'épreuve…

— Nous surmonterons toutes les épreuves ensemble, acheva Ilaria, la gorge nouée.

Frediano essuya d'une caresse les larmes qui perlaient aux yeux de son épouse.

— Oh ! Ilaria, mon amour… Je promets de vous donner tout ce qui est en mon pouvoir, et c'est beaucoup.

— Je ne veux que votre amour, Frediano. Ce sera amplement suffisant, dit Ilaria en l'enlaçant pour se blottir dans sa chaleur, là, dans le hurlement du vent des montagnes.

— Vous l'aurez, chuchota-t-il sur ses lèvres. Pour toujours, princesse.

Épilogue

L'amour changeait vraiment tout.

Le roi Carlo abdiqua pour se faire opérer, et Frediano et Ilaria devinrent roi et reine de Vantonella, aimés et célébrés pour leurs efforts envers les citoyens les plus démunis, tout particulièrement les enfants.

Ils réjouirent le peuple, la presse et l'ancien roi en mettant au monde cinq enfants, tous plus têtus et pugnaces les uns que les autres.

Frediano ne put nier l'évidence lorsque les petits déboulèrent après avoir passé l'après-midi à traîner dans les montagnes d'Accogliente avec des moutons. Il avait insisté pour faire construire sur la ferme une maison assez grande pour les accueillir tous, de sorte que les enfants aient un aperçu de leur royaume maternel.

D'un regard, il évalua la situation. Tous étaient sales et échevelés. Les genoux du pantalon de Russo étaient déchirés, comme les manches de chemise de Carlotta. Les queues-de-cheval étaient défaites et la jeune Vinnie saignait de la lèvre.

Frediano tourna les yeux vers sa femme.

— Des épreuves, m'aviez-vous dit ? murmura-t-il en lui rendant son sourire. Aviez-vous vraiment mesuré les risques ?

— Non, mais nous faisons face de toute façon.

— Parce que nous sommes doués pour cela.

— Voilà.

Ils s'attelèrent à la tâche. Laver les enfants, dîner avec les travailleurs présents à la ferme à cette époque de l'année, comme le voulait la tradition l'été dans les montagnes. Parfois l'ancien roi se joignait à eux. On pouvait l'apercevoir certains matins marchant sur les sentiers, un agneau sur les talons.

Mais à l'heure du coucher, Frediano et Ilaria étaient seuls pour lire des histoires, border des enfants qui gigotaient et leur offrir autant de gros yeux que de « je t'aime ».

Ce soir-là, lorsqu'ils se retirèrent dans leur propre chambre, Frediano prit la reine dans ses bras.

— Vos enfants finiront par me tuer, *tesoro*, dit-il, laissant voyager ses lèvres dans le cou d'Ilaria et se régalant de ses petits soupirs.

— Et vous adorez ça !

Ilaria éclata de rire comme ils basculaient ensemble sur le lit.

Frediano contempla un instant son épouse, s'émerveillant comme souvent des rebondissements que son cœur avait suscités dans sa vie. Les années passaient, et ces yeux d'émeraude aux éclats changeants l'ensorcelaient toujours.

— C'est vrai. Dire que je ne me doutais de rien avant de vous connaître, dit-il, éperdu de reconnaissance.

Il s'attacha alors à témoigner à son épouse, comme il l'avait si souvent fait et le ferait encore mille fois à l'avenir, la profondeur de son amour.